U0131014

陳列作品集 I

地上歲月

目錄

無怨

午睡在雷聲中醒來，脆急沉厚的聲音響在囚房外。一場大雨應該就會接著而來的；我聞得出雨的味道。若在家鄉盛夏的平原上，這必是一番壯闊的景象：涼風、奔馳的陰雲以及稻田間頓時高昂起來的蛙鳴，然後，父親可能就會穿起雨衣，扛著鋤頭，要掘水路去。

可是現在，我只能從氣窗的花磚間望見幾格不成其為天空的割裂的昏暗色澤。

就在房間角落那個高出地板許多的廁所內，我曾多次踮著腳尖，透過鐵柵的空隙，凝視外面陽光或夜空下的市鎮，心中陣陣不安的飢渴和疼痛。

一個老犯人說，除了睡覺和吃飯之外，不要再看其他和想其他。我懂得他的意思。行人、屋宇、遠處山腳下南下北上的火車等等全然和我們無關，生命裡的某些東西已經中止或完全死去，勢必隨感受而來的自憐情緒常會把人擊垮，對牆內的生存造成力量的損失，唯有使自己的心境進入心理學家所說的最後的妥協期，接納事實並調整自己之後，才不至於發狂或活得很辛苦。一個盼望能有多久的堅持呢？回憶中的聲色又如何構成一丈見方的空間裡的活動內容？因此，在必要的工作之外，我們學習看書以及不思不想。

對於書本，這裡的某些人是陌生的，他們最熟悉的是拳腳刀劍恩怨之類的當下行動，並尊崇男人世界中某部分無關乎知識教誨的奇特價值。但時地遷易之後，書中的一個故事，一篇記述，便也可能是一次神奇的經驗，使他們逐漸忘去快樂與否以及刑期還剩多久等問題。睡在我旁邊的來自旗山的黑笛仔，曾經有過多少意氣揚揚的往事呢？他那全身龍蛇鷹虎雜處的黥墨就是那些日子的鮮明註腳。可是，目前最令他著迷的是遊記。從他的專注裡，我可以想像到，書中的萬里風光必定溶化掉他胸中不少的騰騰熱氣，並使他打破了四壁的範囿，心思因而及於地球的每個涯角；許多完全不需提防的山水和人文在等著他，並進而讓他對未來懷著一些必須活著出去完成的祕密誓約。

至於對我而言，書中滋味之一是能夠超越時間，與古人對坐交談。他們一生的起伏、得意和悔悟，原原本本展開在我眼前。我似乎把握到了虛榮與進取之間、眼淚與歡笑之間的微妙關係，以及所謂的永恆的意義。或者應該說，我在書頁裡所面對的是過去的自己，所關懷的是未來。只是沒有現在。某個哲人說，生活不該是為明天而準備，而是快樂充實地活過每個今天。我要說的是，當我在念書時，日子就那麼容易地過去了。

假使累了，那就儘量什麼也不去想吧。偶爾的不思不想原就是一件好事情。在生命中空出某些時候，讓它們遠離名利憂患，永遠有助於面貌的清滌。梭羅在生活的書頁上所留下的寬闊的白邊，非但不是浪費，而且是一種力量的充實；國畫中留白所生的無限張力和完整性，絕不是任何線條或色彩所能造出的。在一段時間的吵雜和匆忙之後，那是人真正端詳自己的時刻。我隨意走著，坐著，不必很累地去注意他人或計算事情。

現在，三個室友似乎都很平靜地閉目躺著，或許也在追憶或想望一個流動的世界，或許在嚼噬著自己的不幸或悔疚，或許什麼都不是，而是真正在全心全意的睡眠。因為到底憂思還是免不了的，再加上前些時日的工作，的確夠讓人疲累的，而另一次足以引起心情波動的任何變化又不知何時將會到來。

如果有陽光，從西邊牆壁上方的花磚間射入的幾塊菱形光線，現在應該落在第七條地板橫木上了。那也就是老林右腿附近的位置。等到陽光移到第八條地板時，有時就會聽到獄吏的鐵底皮鞋走在長廊上的聲音，而後是某個鐵門開啟和關閉的轟然撞擊聲。我們知道，下午的審訊和工作又開始了。在陽光的移動中，有人將要為個人的自由或甚至於生命和法律爭執幾個鐘頭，有人則將在工廠區為某個團體縫製一定數量的筆挺制服。

陽光總共十二塊，成三行排列。在這個七月的上旬，大抵在午飯後不久就會出現。我第一次注意到它是在我進來第三天的午後。我無心地翻閱著黑笛仔擺在枕頭邊的《海天遊蹤》。夜裡永遠亮著的日光燈早已隨著白天的到來而闕熄了，書上的文字還算清楚可見。許多事情令我煩慮。等我再低頭時，卻看到了泛黃的書頁上有著兩小塊柔和的亮光，手背和地板上更多。幾乎整個下午，我就那樣定定地看著，我從沒有想到，陽光移動的腳步竟會那般令人怦然心動。以前，我們當然都見過陽光，但絕不會想到它可以分割成多少塊如此細碎的光芒，更怎會想到自己會為幾小塊投射在房間內的光線而激動，而守候呢？而且，往往就在這樣的守候裡，一天過去了。

然而今天下午，陽光是不會來的了。從聲音就可以聽出雨已開始急促地落下；我辨認得出它分別打在鐵皮屋頂上、樹葉上和水泥地上的不同聲響。但只要它能在夜裡停止，不妨礙明早的放封散步，我們便無所謂風雨。但船長除外，船長對於晴朗以外的任何天候都感到焦躁。

其實他沒當過船長，他只是一隻近海漁船上的一位射魚手。他不識字；大家在看書時，他那副一八二公分高和約八十五公斤重的軀體就伏在地板上，用原子筆在白紙上畫魚，一邊哼著無言的歌調，聚精會神的模樣恰似小孩作畫的虔誠神情。他仔細地一筆一筆勾勒，反覆地畫著各種旗魚和鯊魚，並且添上起伏的波浪。不必做工的時候，一天也只往往完成一張。然後，如果看到別人在欣賞，他便會不好意思地微笑，並解釋那條魚的特徵，然後把它疊放在屋角。認真地畫著那些線條時，他絕不至於想到藝術或者它的技巧和功用吧！他只是想把最難以忘懷的過去生活中的因子描繪得盡可能真確而已。大海必然喜歡他那壯健的身體。他站在船頭，把魚鏢擲向旗魚的姿勢，會是一種怎樣叫人興奮的美呢？可是，他還得離開他所熟悉的海洋九年。陰霾的日子裡，他總是繃著臉，悶急地來回走動，把地板踏出重重的響聲。難道他仍在擔憂如何使漁船迅速駛入某個避風港，或收獲的微少嗎？

心情愉快的時候，譬如說，收到女兒的來信時，他會把手伸出廁所壁上的鐵條外，開玩笑地對大家說：「來啊，摸一下社會。」那就像五十八歲的老林有一次在走入清晨的散步場時說的「空氣好香啊」一樣，其中給人的突兀感覺所引起的已不是可笑或可憐了，而是一種難以言喻的生之哀愁。在強說愁的年齡，人才會嚮往孤煙寒水或花月一類的景致。塗布著浪漫理想色彩的心，希望集酸甜苦辣於一身，且羨慕豪邁卻落魄的英雄，盼望死得淒美或悲壯。真實的人生畢竟不是如此。船長和老林等人將告訴你，到達某個年歲之後，隨著受傷害的增多，人變得卑微而無奈了，並且挨向人群尋求安全和溫暖。對於這些臉上刻著風霜的人所作的嘆語，你說那是浪漫呢，還是稚氣？

人生當中的確會有若干讓人無言以對的時候的。幾個月前的一段時期，我也往往在每天二十分鐘的散步時，蹲在水泥散步場邊，撫摸著外圍草地上尖稜的草葉。手心所感受的那種刺人的微癢迅速傳遍全身，幾乎令人掉淚和暈眩。那些綠意使我想起我生命中永遠不再回來的一些熱情和狂傲。

那個秋天，那個初識的女孩陪我逃向更深的山區，興奮地要找一個地圖上標明的水源，並且相信，如果能夠到達那裡，就會走上通往一處美麗海灘的一條公路。我們穿行在布滿荒蓁密蘿的山巒間，在微凹的洞穴過夜。冷氣把我們凍醒。柴火早已熄了。我們對坐著說話，聽鳥獸的叫聲，等待黎明。後來，我們躺在山頂的一片緩緩下斜的草原上，望著全無阻擋的藍天和白雲，那個女孩把那次經驗總結為「偉大」。放封仰望天空時，我總會看到在屋頂平台上踱步的荷著槍的警衛。我也總是這麼想，他所守護的是不是正是我們那天看到的那一片靜默的天地？

剛來的時候是冬天，散步場四周水泥牆上的藤蔓只空留著皺瘦蕪雜的枝條，灰底黑紋，那股蒼涼已不只是版畫般的典麗而已了；它似乎還在提醒我些什麼。角落裡的一棵大開白花的山茶，不知在綻放給誰看。不動聲息游移的冷風。現在，經過了一個春天，那片老邁的藤蔓才逐漸長出澀紅的新葉。

等到這場雷雨之後，整面牆也許不久就會蓋滿一層在風裡招搖的綠色了。只是，對於這些，我們一天至多也只能看個二十分鐘而已。獄吏的哨音一起，我們就得匆促地離開那四面牆圍出的一角自然，告別一天之中顏色最多的所在，然後走上迴梯和密閉的走廊，再度回到二樓的這個小室。

一般說來，只要不去想及外面的人和事，獄中生活是平靜的，也因此，人變得敏感而脆弱。再細微的聲音和氣味都會引起我們的注意力，任何人事的變動必然會使心情震盪不已。為了保護自己，避免不必要的紛擾，我早已斷絕和每個男女友人的交往，那個奇異的女孩子也是其中之一。夢境和風情畢竟已經遙遠了，甜美只是想像中的感覺，疼痛卻是擾亂秩序的真實。知道今天看了幾十頁的書，似乎就很快樂了。

卡繆說：「幸福不是一切，人還有責任。」這是一個人道主義者的莊嚴宣言。在此，私己性的享樂追求為更高的某個理想層次或所謂的社會良心而犧牲。於是，歷史上有了臉色蒼白或赤紅的聖哲與烈士，後代人也有了仰望的對象。可是，對於包括我在內的這裡的許多人而言，卡繆在他的札記裡所引述的另一種幸福更見親切和令人渴想。它的要素是這樣的：開放的生活、愛他人、免於一切野心的自由，以及創造。

關於創造，我也在這個小室內看到了人類在困阨中改善環境的生動力量，看到文明演進具體而微的示範。囚犯能夠利用漿糊和牛皮紙製造書桌和書櫃，利用破布製成衣架和堅韌的繩索，利用饅頭和衛生紙製成圍棋子，以及利用花生薄膜製成風味特殊的香菸。大家在諸如此類的創意中改變空間，尋得滿足，並建立一個作息有序的小社會，按時起床運動工作睡覺，排班洗碗和擦地板。

人希望保持個性的特立，但人也是不堪孤獨的；他向別人和文化尋求認同。一項事實是：有時半夜醒來，白茫茫的燈光刺痛兩眼，於是閉目諦聽屋外的風聲，想著亮在某個窗口的小燈，真想有個人和我說話，或者共嘗平凡而隱微的一些事物。困頓時，人所以還能保持內心的平衡，某些宗教人士以為是由於我們感覺到，現世生活只是生命的一部分，只是未來新生和覺醒的序曲。我寧願認為，在這樣的境況中，相濡以沫是力量獲得的最真切來源。

當然，隨相處而來的一些弊病也是免不了的。緊閉的囚室裡就是這麼幾個二十四小時吃住在一起的人，侷促的領域使人難以躲避不想要的參與。惡劣情緒的傳染、摩擦和爭辯隨時都會將你捲入，且甚至於硬撐一整個虛榮的下午。反正生活確實也不可能永遠是一條潺潺的清流，而且我們不是超絕的角色，所以也不是能夠隱遁的角色，別人攪起的波紋或混濁，我們往往不知措手，因此乾脆也偶爾向它投下幾塊石子，讓它變形，並且發出一些可聞或不可聞的聲音。

雨繼續下著，室友也繼續睡著。外面散步場邊的草地必已滿是潮濕，今夜將是雷馬克所說的屬於根與芽之夜。生機只要沒有完全死去，終究會萌芽茁長的。許多日子以前的某些時候，我常自以為已無法再感受歡愉的滋味了，人與物都顯得疏遠而難把握，甚至於天空和草木的爽心之美也只徒然加重愴然感覺而已，並認為此生將這樣地在憒濾裡走著、咳嗽、老去。現在雷雨聲中的恬靜裡，我卻已曉得，我不應該因為過去通過歪扭的媒介走入世界就變得落寞。當天地間萬物貫注於生長的時候，似乎其他的什麼都不值得怨恨和記掛了，最該珍視的是自己的完整。因此，我開始自覺得如此溫柔，如此強健，如此地神。

原載一九八〇年十月二日《中國時報》「人間」副刊

地上歲月

父親的身影消失在農路遠處，他要去大約一里外的玉米田察看明天是否適於施肥和培土。玉米就要吐穗了，這幾天夜裡的小雨正給了落肥一個好時機。剛才我們一起坐在這個圳堤上休息，父親望著又漸潮陰起來的天空，終於說，剩下的兩行梔子花的除草工作留給我獨自完成。

已經幾個月不曾下田工作了，這次回鄉的五天來，三天幫著翻曬收成的一期稻，兩天和父親在這塊花田裡挖除攀纏在枝葉間的雞屎藤，似乎也不覺得怎麼勞累。有些住在城裡的朋友問我說：你真的種過田嗎？真希望他們能聞聞我這時全身的汗土味。哪個來自鄉下的孩子沒有耕耘收藏的經驗呢？記憶裡最鮮明的聲色都是和農事有關的：雞啼時分起床，和相互幫忙的鄰人連踏幾個小時笨重的老式甘薯切籤機，然後抹乾全身的汗水，穿上制服，坐六點二十分的小火車到十六公里外的中學去；騎著單車到連綿數十甲的糖廠蔗園，搜割耕牛一天所需的大量飼草；站在水深及腰的水溝裡，撈起浸泡經月的黃麻，捽洗腐去的表皮，濺起的黑水在劈啪聲中飛落整個頭和上身；戴上口罩和手套，背著噴霧筒，在齊膝的午後稻田間噴灑農藥。這些和其他更多的勞動，現在想來，其實正是我和這片天地的強韌牽繫，而且一直是我離鄉讀書和工作時經常顯現腦際的圖像。

偶爾我會覺得，一個人童年或青少年時候的幸與不幸有時是很難說的；父母在盡力之後仍然無能給我的一般所謂的最佳栽培，部分由大地來彌補，來啟示我。祖先和我都流注過血汗的每一塊田，包括這片梔子花田在內，都曾經是我疲憊惶惑時注視的對象；我坐在田壟上，或走在作物間，看著同樣疲倦的大地上長出的綠色生命，或者和它說話，或者什麼也不想，讓它容納我，提醒我責任的意義。十多年的學校教育給了我較複雜的知識，土地則點點滴滴地將更深邃的某些東西注入我的心胸裡，其中包括了關懷、希望、自由以及和村人一體的感覺。

當我赤著腳，在村中小店裡與人閒聊，在田間的路上與相遇的鄰居佇立著談桑話麻時，我才體會到，知識理論有時也可以是虛妄的。此時存在於我們之間的是一個彼此不必費心再去界定的情境，因為我們有著類似的衣食住行和育樂，看到的是相同的天空。與莊稼無關的書本遠了，我該努力閱讀的是他們褐色的臉孔，這些容貌講述著生活中的苦痛和歡笑。

大體說來，農村生活是平靜的，農人的歲月往往仍是從播種到收穫之間日出而作、日入而息的單純過程。他們把大部分的時間用在謀生上，並且以工作代替幻想，累了就睡。晚上不到十點，除了偶爾幾聲疏落的狗吠和嬰孩的啼哭之外，整個村子就幾乎完全靜下來了。那也許是個適合覽讀紀德的《地糧》之夜——真摯而溫馨，然而對他們來說，那純粹是歇息的時刻。所謂的文化活動，大概就是磚屋裡的談話、清晨喧譁的菜市場和電視上的節目。日子不甚輝煌，甚至於還帶點宿命。但是，你能說這些全心全意的人也有失敗的生命嗎？農人那種對土地的執著，即使含有因代代相傳而來的強迫責任和保守情感，土地必定也一直令他們覺得有所擔當和歸屬，並因而使他們有著某種說不出的永恆感的吧。

生命的庸淡和悲愴畢竟都是可以忍受的。就像以往一樣，風雨傷痛總會過去。看著一片忽然在夜裡長出嫩芽的菜園和終於到來的圳水，以及晚飯後躺在土埕的竹椅上觀望微風的星空，摩挲著腳底粗硬的厚繭，並且時而聽幾聲小兒子在廳堂裡朗讀嘰哩呱啦的英文，確信下一代將比自己得到更多的呵護，明天的活力便又來了。而，這種堅韌的生存意志，正就是社會進展的保證了。

就以這塊梔子花田來說吧。本來，它也和附近的田地一樣，除了一年一作的水稻而外，其餘時候總是在有限的雜糧間作一定的選擇；去年花生的價格低落，今年就改種黃麻或地瓜。後來，有一段時期，怎樣的變換都是一個樣。對這個現象，各有各的說法。父親或許並不十分了解諸如經濟轉型、經營型態、糧價政策和計畫產銷等等名詞的意義，他知道的事實是：放在地上的心力並沒有得到應有的回報，而人還是得要活下去。因此他不斷在這塊不敢對它存有太多指望的祖田上奮鬥掙扎，先後種過多年生的麻竹和芭樂，最後則是這些已成長了三年多的梔子花。

梔子花並非傳統作物，在鄉間難得一見。當年，父親怎麼會種它，我不確知；我那時遠在異地，只能從信中揣度他的憂慮，想像他獨自坐在沉寂的田野裡，注視著這塊年年令他不知所措的祖田而困思的情狀。後來，可能由於某項外銷的傳聞，某本農業雜誌的報導，或是某個商人的慫恿，也就那樣地孤注一試了。做這種決定必然是相當困難的吧；樹苗一種，必須等兩年之後才會開花結果和有收穫，如果到時梔子又像以前的蘆筍、芭樂一樣，價格又告慘跌，又有誰來收拾他的幻夢呢？

在某些人想來，白色的梔子花是嬌柔香純的，種這種植物毋寧是高雅的行為，而這兩天來，父親和我在賣力挖除的那些雞屎藤所開出的簇簇紅心白瓣碎花，如果在風裡招搖，必定也會使不少人讚嘆的吧。能欣賞美原是一種幸福。可是對兩天來的父親和我而言，美別有內容。我們所以偏愛梔子的白花，並且設法加以促成和保護，絕非因為它比較美，而是由於我們期望花謝之後能有繁碩的果實。花開花謝已經不是引人遐思的意象了。花只是必要的過程，而非目的。哲人甚至能從一朵花中看世界，那真令人羨慕，我們看到的卻是冬天的某個日子，到時，我們便在髒黑密悶的枝葉間尋找熟黃的果子，把它摘下、蒸煮、曝曬個一整月，然後賣給出價最高的北來商人，銷到日本去。

美本該無關乎現實，尤其是大自然裡山水花木星雲的色彩與樣觀，都是可喜可欲的邀請。它讓你在觀賞中感到愉悅，在省思中有所領悟和提升，或者像浪漫派詩人華滋渥斯那樣，從雲塊遠近相接的寧靜臉龐上讀出難以言說的愛。我要說的只是，當美感只為賞玩時，其中並無多大的扣人心弦處。有一次，在淡水看到一位攝影家架起組件精雜的相機在河邊等待落日，而且雇請一位漁人駕著舢舨在預定的時間划過鏡頭中的水上。我從渡船口的魚攤旁走過，猛想著：那位船夫事後看到那一剎那間攝下的那幅美麗畫面時，不知會有怎樣的愉悅感覺？現在，當我環顧四周的時候，我總覺得，除了這片寂靜大地的聲音之外，最深的美質就是農人那種對生活永不放手的心靈了。

然而，農人本身卻是最少歌頌田園景致的。那是由於親和關係而形成的類似「相忘於江湖」的情懷嗎？或只因為長期的熟識已使他們對天地之美無動於衷了呢？這些似乎也都不必去辨明了。要緊的是，我們或者可以試著學習不只看到物的表象，而更要領會它在律動和開展中的自由和力量來源。這樣，有一天，當我們一起看到起伏於晚風中的金色稻穗，或唯美電影中俊男俏女身後的鮮黃油菜子花田時，我們可能就會有相同的欣喜了，而當我們一塊兒聞到泥土或草葉的芳香時，我們也都知道，幾天前，它可能有過堆肥、糞尿或農藥的臭味。

對於大自然，人的態度往往是很曖昧的：既欣賞，又畏懼；既崇敬，卻又要加以征服。其實，自然世界只是一個無所感的存在罷了，對人類的苦樂永遠保持中立。雖然它曾以其或溫柔或雄偉的美撫慰過不少心靈，並且一直在發揮它的滋育作用，使人類生命得以維持和傳遞，使文明得以產生和進展，它也不時露出狂暴的面目，造成了極多的痛楚。在農村裡，大自然曾經幾乎完全操縱著人們的悲歡；陽光、風雨、氣候，甚至於土質仍是影響作物生產的最大力量。在神祕不可解的年代中，對它的敬畏使人們傾向於泛神論。現在，人們雖還在心底裡尊重大自然，一方面卻已在物質主義的驅使下，開始對它進行有形無形的改造工作了。農人膜拜祭祀自然時所有的臣服與感恩意味逐漸淡了，祭拜的盛會也終將會慢慢式微成平淡生活中的興奮點綴。

從受制於自然，了解自然，到企圖加以改變的過程，大概就是文明的演進了。十幾年前，這附近的田地各種形狀都有，田埂小路狹窄彎曲，扛著收成的五穀到停放在遠處的牛車上時，常覺顛晃難行。後來，農地重劃了，劃成一定長寬的耕作單位，農路和水渠整齊一致。每次看著這些一塊塊不同狀貌和色度的四方形作物時，常會覺得，即使當時重劃時有過不愉快的事，能將鄉野文明化還是很好的。如果過去是一種雜亂無章的野趣，眼前的這些井然的線條和方便，則代表了科技時代的實用與秩序之美。

冬來之後，農路那排木麻黃後面一望無際的甘蔗農場就會不時升起火煙，把蔗葉燒去，一部採收機就能夠一貫作業地在一天之內把好幾甲的甘蔗送入糖廠內。以前的那些一字排開前進的掘蔗頭男工和削蔗尾女工不見了，在一高一低的蔗畦間前行的牛車則閒置在一些人家的庭院內，在日光和風雨中逐漸鏽去。許多青春的人力投入工商陣容裡，以他們的勤勞本色在另個領域裡謀得生活的需要。諸如此類的耕作方式的更易就是這樣使不少人的生活內容改變了。而，這片梔子花所以會出現在這個平原上，甚至還能飄洋過海，不也是時代的關係嗎？小時候在田間工作時，抬頭瞧著轟隆而過的小火車，心裡總會興起祕密的盼望，盼望將來能坐在它上面，到遠方熱鬧的城市。只是我當時還不知道鐵路穿過農田所代表的文明含義，不曉得每一種文明似乎都會帶來報應。

在這方面，獲得與喪失是相對的。塑膠紙袋給了人以便利和衛生，卻成了農家的一個不大不小的麻煩，因為若丟入垃圾裡，它永遠也不會腐爛成作物所需的堆肥。農村裡因耕種型態的改變而少了很多牛隻，土地重劃時開築的水圳內外所長出的雜草，因沒有牛的吃食而整年茂盛，阻礙了灌溉的水流。村外的那條溪已不適於游泳和釣魚了，因為上游的若干工廠已將它汙染了好幾年。這些也許都是較易補救和解決的，貪婪與混亂才是現代文明的最大後遺症。

土地一向是農人最根本的信靠，祖先留給他們的，他們據以耕植和養育子女，因此，一塊土地的好壞端看它的酸鹼程度與會否浸水而定。但由於時勢的發展，有些人已變得只關心它是不是能蓋房子，並且把他人和整個社會看成賺取的對象。當金錢成為最高目的時，耕作當然成了笑柄，誠實和辛勤不再是美德，生活當中的一些原應重視的價值棄置一旁，而貪婪的心則無限伸張。這些人表現於外的是全然的粗鄙：新建的樓房內外貼滿磁磚、壁上掛的全是民意代表贈送的匾額，濫飲聚賭，耽溺於坐享其成。傳統農村中溫厚的長者遠了。他們則儼然成了村子裡的新興士紳和道德裁判者。

這些事實是很使人洩氣的。但我也知道，我該深記且應頻頻回顧的，乃是更多的那些默默為自己和下一代努力不懈的人。人的存在若有任何價值的話，並不是因為他們活著，吃喝睡覺，而後死去，而在於他們的心中永遠保有著一個道德地帶。

生活有時的確是不好言詮的。昨晚，我坐在家裡的埕上，忽然憶起童年常一起在月光下玩踢銅罐遊戲的夥伴們。他們當中，有的已經不知去向，有一個任職於鄉公所，一個在高雄碼頭走私，一個在北投賣芭樂，一個開起了貿易公司，也有好幾個仍在鄉下堅苦奮鬥。所以我想，生活並不是高調，生活只是這類活生生的生存而已。其實，怎樣的作為才叫高尚和意義呢？獻身盡力原不必只是烈士的鮮血哪！

這五天來的工作，已使我這雙先前還在翻著書頁、拿著筆的手變厚變粗了，掌上並且結了八個繭，指甲內積藏著泥垢，而全部的這些看起來卻只令人感到生活的真實。同時，我還看到上面的許多或大或小的疤痕。每個疤痕都是一個故事，而且幾乎都是某個忙於莊稼的時刻留下的。割傷或砍傷的當時必定有過疼痛或恐懼的吧，但這些疼痛和恐懼到底已全忘記了，只有這些傷痕留下來，作為成長歲月裡的印記。現在，父親去到另一塊田裡斟酌明天的工作內容，而把這片梔子花田未完的工作交給我，那是一種信任和期許。重要的是，我們都知道，工作的地點雖異，卻同在為著一個更美好的目標而致力。

原載一九八一年十月八日《中國時報》「人間」副刊

同胞

初次看到他們是在我讀初三的一個早晨。他們安靜地坐在市場入口的旁邊，坐在吆喝嘈雜的聲音裡，背後是騎樓下同樣安靜的牆壁和一堆空菜筐。在喧鬧的市集中，他們的膚色和服飾顯得突出而孤獨。中間的那個孩童伏在女人的膝蓋上，睡著了，兩張大人的臉則斜仰著，其中的某些難以說清的神情，令人不忍終看。人們在他們眼前匆匆走過，只偶爾有些眼光游移到他們身上，以及他們面前擺放的一些獸角、獸器官和沒開花的蘭花上。

那是我第一次曉得教科書上所說的「山胞」的模樣，而且很可能就是傳說中殺害吳鳳的曹族後裔的模樣。讓人掛念的卑微和渴盼。過去概念中的那些或凶殘或愚昧的形象，似乎一下子變得無聊起來。我背著書包，穿過市場，繼續走向學校，心裡已沒有了先前的好奇，卻一路揣測著他們如何在凌晨離開他們位於某個山上的部落，背著孩子和準備售賣的希望，在黑暗的山間趕路。那時，我並不怎麼清楚繁華裡的寂寞，不知道歷史之流挾泥沙以俱下時曾留下怎樣需要填補的創痕。

好多年後，我有了一位來自花蓮泰雅族的朋友。我們在澎湖的軍中同睡一間寢室，有時並且因深夜溜至營外的海邊喝酒而一起挨刮。在那種年紀，一起離經叛道、受責吃苦所建立起來的男人友誼，往往含有一種臭氣相投的忠誠聯繫。加深這種聯繫的，還包括了我心中的某些模糊的虧欠感覺。當我看著他在烈日的操場示範基本教練和劈刺的動作，當我們裸著身子在冬夜的井邊洗澡，他卻絲毫不冷地憨笑，或者當他總是在關餉的隔日把半數的錢寄回家時，我的虧欠感就莫名其妙的來了。這種感覺後來才逐漸淡去，轉變成相互的默契與信任。他退伍的時候，握著我的手說，將來我們一起去打獵，最好是扛一條山豬回來。約定有很多種，我當時體會到的是那種被盼望分享的歡喜。

但是，他一直沒帶我去打獵。再見到他是在他家鄉的一處山腳；他和幾個人正受雇在把一捆捆的竹子扛到卡車上。砍起的竹子從陡急的山坡急溜而下，滑行和落地的轟然聲響驚心動魄，使工作中的他們顯得極為弱小。我坐在不遠的石頭上，聽午後陽光下群山的回應，努力想要從他的表情和負重的步履分辨他的感情。但兩人的目光接觸時，我看到的仍只是那種熟悉的久久的笑容。我知道他依然記得我們的約定。可是我也知道，我們不可能去打獵了，甚至於突然開始討厭起想像裡的打獵這種事，以及討厭起自己。

對於狩獵，我總以為那是一件十分迷人的事：扛著槍，搜尋追逐於高山深澤間，夜裡便在林中生起營火，對坐烤肉，交談美麗勇氣等等。或許也真如一些研究者說的，對所有的山胞而言，狩獵是生產與遊戲混而不分的一種活動，所以當他們以獵為生時，由於人類天生的興奮欲望容易獲得滿足，工作是一件極大的樂事。但我坐在那塊石頭上的時候，想到的卻是，狩獵原是他們過去謀生的一種方式罷了，而對於謀生的事，尤其是他人不得不然的謀生的事，我實不該僅僅想像它的樂趣。那樣的日子其實也是苟且而充滿限制的：危疑的山野、不足的糧食、疲累、寒冷。而，事實上，他們也非原本就住在山裡。

文明曾經節節進逼，將他們從住了好幾個世紀的平地擠上山去，使他們在深山野地裡發展出特殊的狩獵技能，或者像阿美、雅美兩個海洋民族那樣地向山邊的水田、溪流或大海討取生活所需，甚或在新來的幾批人群中失掉蹤影，無從識辨，只讓那一段退卻的辛酸留下石牌、古亭（鼓亭）、頭城之類的地名，在時間裡漸失其歷史意義，成為很少人會去探究的古老紀事。

現在，文明總算又把他們引向更廣闊的外面來；他們終於可以不必再守著獵槍，守著山上的墾殖地了。許多人走進工廠機關內，有些人在台灣海峽的某些雙拖漁船上，更有的人遠至阿拉伯沙漠中的工地出賣力氣。現代文明四面八方衝擊而來，人本就難以站立原地，不管是情勢所逼還是出於自願，總有一些要割捨，有些要去抓握。也許，最基本的，這是他們求生存的問題。他們將會步步地放棄孤立，從祖傳的單一技能的仿效中探頭學習，一如學習應付大自然那樣地學習支配自己。

當他們如此這般地在傳統與現代的夾縫中努力呼吸著時，他們勢必會有所疑懼。但這不是很需要介意的。人唯有在有知覺地活著，在擔負和委屈之後所感到的迷惘和毅力中，才能顯出人的所以為人的魅力。我往往在繁忙的市街和山邊水涯，看到他們這樣地活著時顯露的令人怦然心動的臉孔。在我看來，他們的臉孔之所以給人異樣的感覺，並非由於鮮明的輪廓，而在於其中所說明的生之勇氣。

在故宮博物院裡，她靜靜地從那些駐足觀賞古物的男人群中獨自走出，倚著室內的欄杆，不時回頭瞥望輕聲細語走動的男女，然後又急急低首，裝著自然地思索。她在那一刻慌忙顧盼時，兩顆幽深的大眼所極力隱忍的一些無法向任何人道及的憾意，以及容顏之間強要加以掩蓋的羞怯，使得她成為整座故宮精緻的骨董和紳男仕女中最最美麗的。

在向晚的花東海岸公路，他雙手抱著胸前，臥睡在路邊的水泥護堤上，底下百來公尺處是波濤沖擊的礁石。他那張褐紅光亮的臉和衣服一樣地沾著一些泥巴，他的摩托車倚著山坡，車子後面是一大袋的不知什麼東西。也許他今天已有過很勞苦的歷程，但還有很長的路要走，所以需要停下來暫時休息。只是他選擇這樣的一個睡覺的所在是不是有問題呢？可是他又睡得那麼安心，他必定有他的理由，那麼，也許那才是他認為比較安全而寧靜的地方了。

在屏東滿州鄉一塊行將收穫的稻田旁，她抱著出生快要半年的兒子，細聲地說她還沒有為他報戶口，因為她不好意思去衛生所索取出生證明。等稻子割了，給過護士紅包之後再去。嬰兒靠在她的臂彎裡，閉著眼睛在吸吮她豐滿的乳房。她似乎沒什麼抱怨，拘謹的臉上微帶著笑意。她的稻田在陽光下呈現出一片耀眼的金黃。

在桃園復興鄉的溪谷邊，他拎著袋子在朝露的草叢中尋找蝸牛，較醒目的是他穿著電力公司的整齊制服。那是許多人仍在睡眠的時候，他那一身灰色的服裝融合在薄霧籠罩下的山水裡，顯得恰切。活著的可貴。八點以前，他就要去上班，但這是他還能為家中的妻子兒女或父母盡一點心力的時刻。

這些都是剛起步的青年，奔波而有期待的青年。生命是一首淺淡的情歌；他們邊走邊顛躓邊低低地唱。他們看來好像永不回顧。他們將會漸行漸遠離開自小熟識的器物。他們的飲食起居衣著等等將會慢慢消失了原來的特色。他們也將不再相信自然界山河木石穀物的變動和成長都是某些神奇外力的關係。這些可能都是他們有意無意地要擺脫的，也可能是生存有時的確需要一點狠心，對親人、對物質方面的記憶。因為這些往往也是他們在僕僕風塵中受到屈辱時最容易擊垮他們的東西。但事實上，這些都已注入他們的靈魂深處，成為他們浮沉江湖而不易溺斃的支持因素。

對於這些流落的子弟和正漸流散的傳統，那些留守家園的父老會有怎樣的心情呢？這可能不是我們能夠確知的，但想來，他們在堅持中總不免會有些期許和惶惑吧，因為他們也和每個人一樣地有需求，有恐懼。

有一次，阿美族在花蓮市區的綜合運動場舉行豐年祭。整個節目是安排展示給人看的，哄鬧走動的觀眾使祭典缺少了許多虔誠以及人文環境相調諧的氣氛。一大圈盛裝舞蹈的婦女把幾個裸著胸膛的男人圍在中間。站在中央的那位主唱的歌者卻無視於這一切，臉孔漠然地昂首注視遠方。他高歌時完全投入的表情，使人覺得他必定是在訴說著他的愛與祈求，向祖先訴說，向心中某個不輕易揭示的角落，那也許是他覺得親近而恐懼的神靈，也許是生命的況味，或者是他曾對之諄諄教誨過的幾位族中少年。歌聲迴盪在簡單的杵聲和舞步的重複裡，很深很醇。深情的民族。我聽不懂歌裡的意思，但歌聲使我覺得我們很接近，相信其中包含有血淚、歡笑的一直傳延到現在的過去。

又有一次，在太魯閣一個廢棄不用的公路局售票站內，一位獨飲的泰雅族中年人招手要我進去，最後則跟著他走兩個多小時的山路，回到他家裡。那是搭建在海拔四百多公尺處的兩間木屋，附近另有三四戶已空無一人。他在更高處的斜坡有一塊種著地瓜和竹子的地，有時則採割一種肥厚的葉子，賣給山下的商人包豬肉。我從他拿出的信上，知道他的兩個兒子都在參與建國北路的築路工程，女兒則和一位退役的士官住在屏東的一個海邊小鎮。我們坐在屋外的一截木頭上繼續喝酒，喝一口米酒，配一口他買回的一盒五元的黏黏的三色冰，用生硬的語言和笑聲交談。夜漸深，四周草木和露水的味道在酒氣洋溢裡變得更為濃重，蟲鳥的叫聲則在我們無語的時候清楚得令我不忍多去探觸某些現實。文明好像很遠，隔著黑暗中的峭壁叢林。即使在他說話時，他也幾乎全然不動地坐著，我看不出他是滿足還是不滿足。我似乎跨過了許多世代，處身於一個黑暗的自然統治的歲月，覺得他的存在近似一種自我的放逐，和周圍的鳥獸蟲蛇有著類似的生活，一樣堅韌地生存、守候和死亡。

但是，這一切都既不原始，也不神祕。如果我們認為如此，那全在於我們不了解他們和自己。他們殊異的文化有他們獨特的生存歷史和背景。我們不能用一般的價值標準和行為禮儀去衡量。他們有受騙被欺以及因狠勇抗日而遭集體屠殺的過去，因此他們變得戒懼而乖順。他們的醉歌和不善積蓄，可能是因為他們強烈關心解決目前這一刻，覺得活著並不需要很大的想像力，覺得今天過得安心而值得慶祝就夠了。多年前，我曾經在花東之間的火車上看到他們一家三代八個人暢笑而毫無阻隔的畫面。那是溫暖親愛的畫面，現代生活中很難看到的天然流露。如果我們依然覺得他們原始和神祕，那必定是因為我們先已準備了神祕的心理，希望在日常的沉悶無聊之外看到一些陌生的事物，以尋得刺激性的滿足。

他們也和我們一樣地有權利，只是他們不清楚。在蘇花公路的和平站，我曾看到五六個大概五歲不到、赤身裸體的小孩在傾盆大雨中的路邊水溝追逐嬉戲。我從緊閉的車窗內，看著他們躍動的身姿和張大的嘴巴，彷彿聽見他們在嘩嘩雨聲中的叫聲和笑聲。那是一群自然的孩子——有幸能夠經常體會自然，但往往也要隨自然的意思生死的孩子。因為他們的父母無暇或沒想到要去照顧。

我也曾在某個夏初的黃昏，陪伴一對小姊弟坐在立霧溪的水邊靜觀水勢，盤算著如何涉渡因午後的一場雷雨而稍漲的河水。他們放學後，坐車再走路，已花掉將近一個鐘頭，但他們還有另個小時的山路要走。我摸著清冷的流水，想到知識的求取對這對小生命未免太過刁難，而，什麼又叫學習的平等和生活的機會？

對於這些，大家最好都能夠忘記。這或許是文明交會時必然會有的碰撞和損傷，但我們也不必就因而推出勝優敗劣的定論，把他們看成遠古時代的活標本，抱著觀光心態，在他們之間高視闊步，指點拖捨，或以主觀的準據去強力進行一些措施，徒然打擊他們的尊嚴和自信，升高他們的物欲，讓他們還沒有分得過時的微量財富時，就已嘗到了精神的痛苦。重要的應是，設法保存並發揚一些令他們驕傲的東西，讓他們在疲憊軟弱時能夠回頭去靜靜審視。

真的，對於許多事，我們都該忘記。彼此之間的劃分只有增加相近的困難而已。我遇過一位要考大學的女生，從她的特徵，我知道她是阿美族的。我很想知道她所熟知的事物和想法，因此我試著接近她，但總覺得中間橫亙著一些芥蒂。當我們隨便地聊著其他的事情時，我終於了解到，那不是誰接受誰的問題。一開始，我們就不應是對立的；我不可以因為她的身分才產生興趣。在我們一起看到的事物中，在我們同樣感受到的悲喜中，我們才彼此相像，彼此分享經驗，並且成為，同胞。

原載一九八二年八月廿一日《中國時報》「人間」副刊

漁人・碼頭

1

開始較常去基隆，是在認識了一個老漁人之後。他獨自在那裡過著寄居的日子，住處偶有搬遷，卻也總不離魚市場附近。魚市場其實也是這個海港唯一用作卸魚的碼頭，被漁會舊磚色的樓房和運銷商人坐鎮的一長列式樣一致的小屋從西南兩方圍住，朝北侷促在港內東端的小灣旁。當地人稱這個地方為「水產的」，那是老漁人以及許多靠魚為生者心思常繫的地方。

老漁人已經不能出海，而事實上，他也可不必再靠海養他了；幾十年的辛勞儉省使他已有了一些積蓄。但他喜歡親近船隻，幾個和他有著鄉親之誼的漁船主和船長，也曉得他的盡責和無事可做時的孤悶，所以船入港後，時而會找他看船，平均一個月也許一、兩次。

看船人必須經常二十四小時守著船，在船上吃喝睡覺，只偶爾到岸上買菜蔬或報紙，直到船再度啟航出海。他們的職責是遵循船主和船長的意思，幫忙照顧卸魚前後船隻的移位，在別船從旁出入時注意不受撞傷，以及協助監督各項修護補給的確實完成。他們大都是一些退役的軍人，他們工會斑駁的看板就橫在碼頭邊一座容易受風的二樓後陽台上，望著忙碌多油的港面和多變的天空。天冷時，常可看到他們縮在厚重的深色外套裡，在甲板上走走停停，張望幾下鄰近的船，和某人簡單招呼幾句，宛如一些飄在船上的舊旗招。

不必看船的時候，老漁人便過著規律而內容簡單的生活：清晨五時左右起床，散步去海邊看曙色的海水，七時回住處煮稀飯，閱報，躺著休息一陣或去附近的同鄉會館，十一時半煮一飯一菜，午睡，下午再去會館，然後在十點以前回來睡覺，拘謹地重想數回日漸遙遠卻也日漸讓他盼念的某些事。

他住得最久的是港邊一家雜貨店的三樓。我每次從樓下的邊門走進去，不明亮的樓梯間老是散發著帶點濕意的雜物味。房間約有兩坪，除了門後一個容人旋身的四方形角落外，其餘部分是固定的木板床。床上靠牆放著小矮桌和老式的木衣箱和塑膠衣櫥。兩幀裝框的照片架在桌上。發黃的那張上面是他數十年不曾見面說話的親人，新的一張是過世不久的一位好友；他把他的骨灰葬在八斗子附近的山丘上。他煮麵時作為佐料的暗褐色魚乾蝦米散置在門旁的床沿內。這些幾乎是他身外物的全部了。但這個房間仍不是他獨有的；有一位家住高雄的船員在一隻寄籍基隆的漁船上工作，回航後也偶爾和他共宿在這一小片屋瓦下，並和他分攤那一個月一千元的房租。

房間的一扇小窗對著丈餘外別人家的水泥牆壁。有陽光的時候，那面牆上粒粒的灰色沙子彷彿清晰可數，若是陰霾的天氣，看久了卻又使人覺得淒迷。站在窗邊，勉強見得到在港灣的一角漠然看天的漁船。我曾多次在那個房間裡坐臥，想著老漁人的一生，想到多少生命在不為多數人注意的時地所可能有過的辛酸和寂寞。屋外街頭上的車聲很響亮，間或有幾聲長長的船笛，時間卻在我的思索裡沒有聲息地一點一滴流過。老漁人對相片裡人物的記憶，或將也會在時間的消逝中，從明晰而模糊而至於變成空白嗎？

會館也許是個可以讓他忘記往事卻又令他重溫到鄉情的地方。常到那裡的人有些是他自小在家鄉就認識或耳聞其家族的，有的則為新識。他的這些故鄉人並非都以捕魚為業，其中幾位是從公家機構下來的，拿退休金或終身俸過日。他們多少曾各自走過一些曲折的路，目前則在這個港都落腳了，喜歡到這棟還算堅固的二層樓裡回顧與前瞻，尋找自己才知道的一些溫慰和夢的蹤跡。老漁人和他們一起看電視、打麻將，談共同熟悉的山川人物與戰爭和平，稚氣地互開玩笑和爭執，或者圍桌共嘗鮮美的炸鰻塊或赤鯮米粉，然後無話可說地看看彼此或屋外的海水船舶，等候一個希望。

2

幾次跟著老漁人去漁人碼頭時都已近中午，一天裡魚貨交易最繁忙的時段早就過了，已看不見承銷商喊價爭購的場面，但那些最靠近岸邊的船當中，總還會有幾隻在卸下魚蝦，船上船下都有接應和關心的人。冷房車結實高長的身軀使得鐵皮覆蓋下的碼頭顯得壅塞，一有走動，前呼後叫的，三輪貨車和人們紛紛走避。生猛的魚腥味混在機油和海水的味道裡，四處洋溢。我走在濕黏的水泥地上，觀看我不認識的許多魚類的長相和人們的勞作，感覺著收獲的熱騰氣氛。

那些卸魚工人的作業方式，對我這個他們所謂的山頂人而言，是相當新奇的。船艙裡的人負責把層層疊放的塑膠魚箱搬到艙口的正下方，受不了寒凍就爬出來換班，厚棉衣沾滿薄霜，隨身而上的冰霧四下逸散。站在艙口邊的兩人各執一支極長的鐵鉤，使勁地將一箱箱二十公斤上下，凍成硬塊的魚提上來，使它們順著一塊斜放在船和碼頭間的厚木板滑了下去。魚箱急速的滑行和落地聲中，船身微晃，輕撞著海水。碼頭上的人接著使用一種較短的木柄鐵鉤將魚箱勾走，把它們分門別類地堆置一處，運銷商和船方代表則忙著一起清點各種魚箱的數目，安排裝車，運往嘉義以北的若干市場或冷凍廠。

他們都穿著長統的雨鞋，動作迅速，神情專注。黏稠的空氣沾在他們的皮膚和衣服上，他們外表在陰潮的港邊顯得粗糙而沉重，但是，在此起彼落的魚箱碰撞和拖拉聲，以及水陸兩方互為激盪的引擎聲中，他們勞動的身姿和有時抬起頭來笑談兩句的臉色，卻又呈露出他們生命深處的鮮明活潑。那是許多室外工作者共有的令人感動的生存模樣。

這些人都是男的，但這裡也總見得到女人。她們的衣著幾乎相似：雨鞋、暗色長褲、碎花衫。其中有些三五成群地圍在牆邊或鐵架支柱邊剝蝦殼；她們受雇於魚商，現剝蝦仁，以供應當地的市場，或運入冷凍庫，集中銷往國外。蝦退冰了，水漫衍了一地，和她們濕濡的雙手一樣，看了使人感到寒冷。淡紅的蝦殼陷在濁泥裡，彷彿還在透著蝦味。

另外的婦女則是走動的。她們一手拎著水桶或膠袋，一手握著碼頭工人用的那種木柄彎鉤，活動在各隻卸魚的船邊和堆放的魚箱旁，撿拾魚箱在卸搬中所震落的任何魚類，間或趁著他人不注意時用鐵鉤的尖端急急勾起箱中的魚。魚貨交易時，每箱概以二十或二十二公斤計算，不必重行磅過，所以大部分無利害關係的人對她們的這種行為似常裝作不見。她們穿梭在工作中的男人之間，眼光瞥來瞧去，注意著魚和該提防的人。她們多屬中年，生活的部分擔子卻仍使她們必須帶著凝重而機警的表情，在眾目睽睽之下算計或疑慮。那算是一種怎樣的敗德呢？

此時在碼頭邊忙碌的這些人幾乎都不是實際將這些魚從大海中捕回的人；船員在船靠岸時就拿著分得的魚回家去了，並且等著分錢。三、四十天來，他們遠離陸地，不分晝夜守著顛簸的小船，四顧蒼茫，只有湧動的海天一色；現在，他們終於又能夠擁著妻子在床上表達彼此的愛欲，或是帶子女到某地散步看樹，以及安穩地吃飯和安心休息了。

有一次，在魚市場門外的那排飲食攤旁，我看到一個容貌十分秀麗的女孩緊擁著一個男的走過。她的腳步微顯踉蹌，不時仰起酡紅的顏面凝視她的男人，眼裡滿是委屈和渴望，年輕的男人則面帶笑容，露著一些羞意，一手攙在她的腰際，另一手和她的手相握。在他們暌違的日子裡，她必定對他想念操心過無數次，今天，她總算盼到他的歸來了，他們將有幾天熱情的偎聚，她有許多話要在醉裡向他傾訴。他們或許都曉得，在未來的一段時日裡，他們還得如此繼續互相忍受地過活，因此她也知道，幾個日夜之後，他仍須離去，她將再次成為一個不大敢於肯定明天的人，而只能在祈望中，把淚水滴給他們交頸過的枕頭知曉。

「討海」是什麼意思？海洋的蘊藏，大自然的詭譎，謀生和謀財。長期熬受風寒、勞累、恐懼、思念和生命的較大危險性，求討的是個人或一家人的溫飽。那是怎樣的意志和情感呢？就以碼頭邊最常見的這些八十噸上下的單拖網漁船來說吧。包括船長在內，一隻船通常有八至十個船員。到達船長所欲往的漁區後，作業開始了，往後數十天都將是日夜不分的工作天。二十四小時之內，一般下網六次。下網時，除了一個負責照顧全船的人而外，其餘都可睡覺去，但魚網一要拉上來，全體就須出動了，廚子也不例外，各有所司地將獵獲物分類、沖洗、裝箱和入艙。如果捕獲的多屬體小量多的蝦類，那麼要一隻隻分出種類和大小來，麻煩就更大了，一網整理完畢往往需要兩三個小時，待盼到可以休息時，下一網可能又接著要上來了。所以，每人每天睡四五個鐘頭是正常事。惡劣的天候姑且不論，那樣粗重累人的工作，那麼短而還須分段進行的睡眠，人如何承受得了？老漁人說：「習慣了就好。」聽著他那種淡然的口氣，真難想像人的生理負荷能在這樣的習慣裡持續多久。而，更折磨人的心理上的擔當呢？或許，在他這句淡淡的答話裡也正存在著許多漁人的無奈心情以及他們對某些事物的堅持吧！我不知道。

但是，我知道他們出海一趟所能賺到的約略是這樣計算的：漁獲物賣得的總錢數先扣除船用油料及伙食等基本開銷，公司再從餘額分得一半，另一半則由全體船員依所謂的大小分的比例分取。他們沒有薪水，船若是途中遇風折返，一切工夫心神便白費了。對漁人來說，平安雖是好事，但絕算不上就是福。

3

船剛回來時都靠著魚市場的碼頭，依序排班，等待卸魚。船橫著身體，一隻緊挨著一隻，整個碼頭總是同時停泊著好幾排這樣的橫縱隊，船上的吊桿遠近交錯，和船邊的欄杆及船尾頹陷的布遮棚一起映著碼頭鐵皮屋頂下遠方經常不太開朗的天空，顯出船隻長途奔波後的鬆懈和無限倦容。

最近岸邊的船有選擇卸魚時間的權利，如果前船決定等到隔晨再卸，而同排後面的某船願意補位，那麼，相依靠的那一整排船就得來一次騰動了。一般說來，以捕魚為主的較大型雙拖船較喜在清晨卸貨，好讓承銷商購去供應當地或附近都市的市場。以捕蝦為主的單拖網鐵殼子船則較不計較時機；蝦仁大都是外銷的。

卸魚後的船便在小拖船的幫助下，謹慎地鑽出船陣，移向對岸和平島臨港的那邊。那裡是油料補給和小規模修護的碼頭，岸旁到處是墨黑的油漬；黑油終年累月地積出了厚厚的一層，走在上面，膠著的鞋底嘖嘖輕響，分不清腳下原來是土或水泥地。

休息通常只有五六天，「大修」則需個把月。大修是要進廠的；船坐車沿著鋪入水底的鐵軌登陸，進行全面的檢修，項目包括外殼鐵鏽和附著牡蠣的清除、油漆，以及內部各種機械電路儀器的加強或更換。碼頭附近因而到處可見和船舶有關的行業：機械電機行、焊鑄店、五金行、冷凍工程行、魚箱廠、魚網店。站在移航的船上，聽著岸邊敲打鐵板的哐噹聲劃破水面而來，和馬達的砰砰聲一起在穿行的漁船間相呼應，想著那些全身汙油和黃鏽的修理工人，以及坐在屋角陰影中的板凳上低頭補魚網的婦人，我才體會到，一隻船的出航回航背後，原來有那麼多的雙手和心意在推動。

八十噸的這種單拖船實在是很小的，船上沒有多少可以活動的空間。即使是幾處看來無用的死角也都堆放著網子。漁人信奉的媽祖坐在駕駛室深處小小的供台上，端端正正地面向輪舵；船長的小臥室緊靠一邊。這位慈悲女神必然能體諒其安身處的窄促吧，因為不管怎樣，祂是全船人員祈求、託付和感謝的對象，而祂所住的也是船的正中央。

船員則住在船後部的頂層甲板下，臥室一格一格的，寬也許沒有兩尺，翻身都覺困難，高度也只容得半身。木門一關，那烏天暗地裡的小空間卻就是他們在疲累和風雨中最能感到輕鬆和溫暖的地方了。甲板的進門處先是一個約只一坪的廚房。在裡面弓著身子走動，小心翼翼的，唯恐頭頂或手足碰到了光線幽暗中的什麼東西。室內的魚味長存不去，好像已因年深月久而陷在四周的木壁裡。

老漁人留我在船上吃過幾次中飯。他用廚門外邊的手搖幫浦搖起儲存的淡水，蹲著淘米殺魚洗菜，然後佝僂著身子在室內生起火來。我把碗筷擺在較為高起的後艙蓋上。艙蓋看似滑溜，卻到處有著因摩擦而生的細細的絨毛，板隙裡積著魚鱗、飯屑、油漬之類的東西，可以想像到曾有多少海水、魚網和腳印在其上經過。我們吃飯的時候，總會有兩三隻不知從何處冒出的老鼠在幫浦邊的甲板上流連不去。老漁人叫我不必趕走牠們，他把魚骨扔過去，邀鼠輩共食。我捧著碗，倚在欄杆上，品嘗水煮的鮮魚，看身旁相依休息的船，有一次甚至看到遠處一個人臉孔朝內地光著屁股，蹲踞在船邊。中午的陽光照著白亮的一個圓，那團白在倦容深重的船隻之間，顯得異樣的乾淨耀眼。

有時也會看到一些船員回來這些休息的船上，或坐或立地在船頭的艙蓋旁賭博，他們大都是很年輕的人，大概還沒妻子兒女吧，因此他們好像較無牽掛，但他們的情感也因而較少深具引力的著落處。他們在攤子喝酒和談論，帶著品評的眼光，在漁人碼頭觀看卸魚，然後回到船上玩梭哈或三國。他們旁邊機油魚海的氣味、繩索和大網、擺盪的船身，畢竟是他們最為熟識和覺得自在的東西啊。

他們的船則懶於言語和活動地泡在水裡歇息。飽經海水洗刷的各色油漆，在水波輕漾中，一樣地露出落寞的神情，那些身軀在經歷過狂風大浪，披星戴月地往往返返已不知幾千哩路後，對許多事情，對頭上翱翔的鷹，對身旁的浮油，以及對岸上走動的人車，彷彿已經無動於衷了。我聽著隱約的水聲，想到船隻如果有所知覺，是否也會對這種命運感到悽愴或荒謬。

4

又有一隻漁船出發了，它向西走在寬闊的水道上，船後捲起翻湧的白色水花，有如奮力唱出的快節奏的歡歌。廚房外的甲板上放著兩筐猶待整理的食物，蔬菜的綠葉伸出筐外，隨風飄搖，一個青年攀著船舷的鐵桿，向著陸上的某處揮手，和某個相知的人互道珍重和私許另一次的承諾。其他的人，除了船長而外，則已不見蹤影。他們大概都睡覺去了，同樣帶著告別和期盼混合的心情。

原載一九八三年一月廿七日《中國時報》「人間」副刊

山中書

1

多次上山，作數日甚或經月的離群索居，生活的情懷，一如山間的煙嵐，或像僧人的梵唱，單純而悠遠。

早上，我常是因猴子的關係醒來的。牠們大清晨就來到我的窗外，在陡坡的雜樹林裡嬉戲和採食。睡夢中，只聽見枝柯偶然的脆裂聲和樹葉的唏嗦，間或夾著牠們玩鬧的驚啼。空氣寧謐，這些輕響似近又遠，好似山中萬物正和我一起從沉睡中愉悅地甦醒過來。我把窗子全面推開，草木的味道幽淡地流入。將亮未亮的淺藍天色裡，層巒隱約，如果有霧也總是薄薄的，在林間靜凝。猴子二十隻左右；有幾次更且瞥見兩隻珍異的小白猴。我有時一邊漱洗，一邊和牠們相望，互扮鬼臉。等牠們走了，柔黃的晨光大抵已出現在遠山高處的某些脊稜上，我也許就坐下來寫字或看書，帶著安貼的心情。

雖說看書寫字，其實，這種時候並不多。人文的東西因人際遭遇的減少而淡薄了，文字中的義理似乎也顯得不再那麼當然，甚至於透露出和以往的認定大為相背的意思。因此，我更常只是安靜地坐著，什麼也不想，讓天地間那股龐大細緻的安靜沁入我的體內心裡，或是無關經濟效用地在室外閒蕩，觀看風景，時而沒有主題地隨意思索，體察一些短暫的感覺和意念。令我深為感動和覺得親切的，大都是些自然的事物。

山中最可觀的，當然就是山了。住處的前面和側方，百餘公尺處，隔著兩道交匯的澗水，就各有一面絕壁從溪底直立而起，岩質的崖面高大壯闊，附生著疏落的荒蓁矮樹，禿顯的部分則紋路糾扭，但又好像自有規則，代表了不同岩層的年代，訴說著我不了解的千萬年前大地變動和生物存歿的往事。更多的大山盤勾交錯於溪谷的來向和去處，愈遠愈高，風貌神色互不相同，但大致都是一些奇峭剛毅的花崗石或大理石山嶺，整個的在我四周形成撼人的磅礴氣勢。

雲霧常在山間聚散變幻。晴天的時候，太陽照射，雲朵悠然舒卷，光線以及山和雲的投影就會在一些山坡和坑谷上移動，走過高山深壑和曲突皺褶的稜脈巉岩。光影相間，自由適意地消長。於是，也許剛才覆蔭成一片暗紫色的山林可能又展現出盎然的綠意；於是下個片刻裡，陽光也許就會穿過雲隙成條成縷地篩灑下來，風情萬種中蘊含著不可思議的神奇。天候變換或是一般日子的向晚時分，煙氣蒸騰，從谷底從林中靜靜上升，化入空中原有的雲層，一起醞釀渲染和堆積。山間一片肅穆，萬物好像都在屏息。許多山頭消失了，隱在迷濛裡，也分不清那是雲是霧，黛藍的顯得凝重，粉灰的縹緲，而大山的那種雄渾幽深的氣質也就更加顯著了。

我很喜歡坐在屋頂陽台上看這些山，看天光雲影在山間的映照徘徊。每一次，起初覺得眼前的危崖峻嶺一直在對我俯瞰逼來，帶著十足威嚇的意思，強大而沒有聲息，令人驚愕。坐久了趨於靜定，我於是就會感到它的神氣靈氣；堅實的風骨幽微露現，其中有它極為深醇的情趣和愛意。我終於認為這些山是有生命的，相貌精神都類似傳說中的達摩。我專心注視著它那種奇特的不言不語，看光影在它身上散步依停的樣子，胸中好像也在逐漸升起一座座靜默的山來，心裡陣陣神祕的狂喜。

夏天的午後，我也常去附近的一條溪谷。谷中亂石嶙峋，澗水跌撞而過，在石頭間四下奔流，並且造就了好幾處幽潭瀑布。潭水澄澈，可以看到大蝦河蟹在水底爬行，而機警地貼著石壁的是鯢虎魚。我從沒見過那麼清明淨美的水，每次入谷幾乎都會禁不住誘惑，脫光衣服下去游幾回，累了就躺在巨石上休息。若是下午兩三點的時候，太陽已差不多移到西側高山的脊背外，谷裡曬熱的石頭正在轉涼，仰臥其上，暖意從背部絲絲透入，慢慢在體內擴散。水聲和著蟬聲在谷內渾然激盪，偶爾掠過的幾聲鳥叫聽來更為嘹亮。然後，經常會有一些葉子無端飄落，有的掉進水裡，有的在我身邊躺了下來，安靜地伴我看天看山，欣賞山崖的走勢以及從中斜斜地迸生出來的樹的樣子。時間緩緩流過。

日子就這樣過去，消磨在管山管水裡。並不固執要去做什麼事，然而想來也沒什麼大後悔。晚上入睡前，閉目感受周遭的寧靜，我總是心懷感激。大自然如此渺漠，卻又如此可親，和我息息相關；我無法也不願割離。在黑暗中，我彷彿聽到了宇宙生命的呼吸和訓諭。我凝神諦聽。時間緩緩流過。

2

在山上，我住的是一座佛寺。寺裡的僧人有三、四位，他們經常房門緊閉，大概在深究了脫生死的問題；偶爾會在庭院的花樹間走動，手裡數著念珠，閒閒觀天。冬來時，庭中的桂花香氣馥郁；夏季裡，院子外圍的蓮霧樹果實纍纍，大殿的佛像則一成不變地俯視著冷硬的大理石地板和殿外不時生滅的遊雲。

幾次夜深時，我獨自坐在大殿的蒲團上，仰望佛陀那個安詳、自信卻又帶著幾分木然的臉孔。高闊的殿內顯得虛寂。我想著他在雪山苦修冥想六年的孤獨和堅忍，以及他說法四十九年，對人間愛欲悲歡的洞察和所示現的偉大平等的同情。當我走出殿外，有時會有眾多晶亮的星子在黑色群山環護的墨藍天空裡閃爍，有時則一片漆暗，只有甜甜的空氣，以及遙遠而不知來處的風吹山河大地的聲音。我是不很相信宗教的，但在這些和佛和孑然獨處的自我面對的時候，我真切地感到和神靈的接近，彷彿生命外層的種種虛飾和自衛正在片片地悄然剝落，使人不得不認真去注視它的美醜，並因而感到幾欲掉淚。

所謂佛，或是神，或許就是那種對生命的虔敬態度，那隨著個體心靈的淨化而來的一種近乎神聖的真摯心境了嗎？

有一次，在溪澗裡遇見一位行腳的僧人。引起我興趣的是他沒有一般出家眾的釘板嚴謹，竟然光著上身在游泳，寬鬆的僧褲撩結在大腿上。我們坐在潭邊的淺水處交談。若有似無的風來自茄苳樹下的陰影間，飄過水面，輕拂著我們裸露的肌膚。他以捧起的清水和砂石作比喻，為我解釋什麼叫無明——因生存欲望而起的盲目意志，述說有情眾生之所以迷亂顛倒的貪著和偏思，以及如何重新找回清淨。

他對心性的解說，源自於一套精微的心識體系，我難以完全領會與接受，所以後來，我幾乎只是靜靜地聽著看著。他的聲音語言和善中略帶調皮，笑容輕淺。水和沙從他的指縫間慢慢滴落，他那顆年輕光亮的頭顱映著身後灰岩綠樹。他的人和四周景物二者呈現出極為和諧恬適的交融。佛是這麼說的，宇宙間的一切存在現象都變動不居，沒有可以捕捉的實體，因此心不應由外境六塵所感所染，但奇妙的是，正是經由面前的這些有聲有色的具體意象，我才得稍微觸到了年輕和尚言行中的一些微妙處，並且相信我們之間，甚至於我們和山岩流水之間，有著可以相通的東西。那個下午，陽光和樹葉水波一起嬉耍的那個下午，我似乎見到了一顆精進地想要從貪瞋痴所織造的世俗價值以及隨之而來的煩惱中解放而來的誠懇心靈，那裡面沒有汙濁的思慮和騷動的念頭。那是聖潔。我依稀知道了他所企盼的佛是個什麼模樣。

然而這位僧人給人的那種聖潔感，會不會只是由於他棄離世間，耽溺於形上思惟所致的呢？我終究是個有著許多習染妄執的俗子，起心動念時不免懷疑。如果是，那就成了一種虛矯的高貴，而且是佛再三開示須將之滅除的另一形式的痴障罷了。所以我寧願認為，對於一個掙脫出個人利害的人而言，他的心是空明的，無所迷戀和束縛，並因而對人間世相會有熱切的願行。所謂無我生大悲心，他所圖的當不會只是六根清淨或另個世界的生活，而是一個更高更大的生命。佛說苦和慈悲，基督說罪與博愛，地藏菩薩立下「地獄不空，誓不成佛」的大願，當今的天主教宗在一篇祈禱詞裡也說過，自由是扛負他人重擔的感覺。他們都認為沒有個人的救贖或幸福。

如此想來，寺院這種作為心志磨練的場所也是可能被用來當作逃避世人憂慮的地方的，佛法則變得高寒僵澀。我確曾見過一些僧人只是一心往生西方，因虛無恐懼和依賴之類的心理而強力苦守著戒律，甚或採取和世界對立的態度，認為凡夫俗子整天的所想所為都是邪惡的事，世俗的讀物知識全是胡說八道，徒然擾人心神。在他們身上，我看到的不是肉身的自由和精神的淨化，而只有形式的桎梏和生機的枯槁。他們喜談地獄，卻忘了地獄就像淨土天堂一樣都不是某個很遠的地方，而是一種狀態。它就在那個狹隘且不再有愛的心底裡。那是怎麼樣也無法與慈悲喜捨的佛心神性相契會的。那不是出家人所能讓人接受的意義

因為，畢竟，我們活在人間。這個人間最需要的是清涼以及熱心——使自己清涼，給別人熱力。

3

山中人跡罕至，假日時候才有較多的遊客。他們坐車從山間的公路來，在寺院下面的一處觀光據點賞景色，印證地名，拍照留念，交換相似的驚嘆讚語，然後又上車繼續剩餘的行程，不然就是到河谷中找個地方烤肉野餐唱

歌說笑話，最後圓滿而疲累地回家，留下些許髒亂。這些遊客匆匆來去，不知道他們方才行經的好幾公里路每天早上六點鐘都有一位年老的榮民來清掃，不知道他們買食物紀念品的那家小店裡有個小姐就在那面櫥櫃後的小空間度過十八歲到三十歲的青春歲月。對於這些，他們不知道，因為他們不必知道。他們是山中的過客；他們暫時放下了山外世界裡的日常工作，為的是來忘記自己的一分煩悶憂愁的，淺嘗已足。

但是我知道，因為我待得比他們久，雖然我也只是個過客。在大自然的山中，在言空說無的佛門外，我有幸曉得了某些人真實的人間生活。

他們是所謂的山胞。我時常看到他們單獨或兩人結伴地上山來，如果騎車就把車子鎖在佛寺前院的樹下，然後背起袋子或竹筐，深入那形勢險奇的高山去。夜半時，往往看到車子還在，隔早起來才不見了，有時則要經過兩三天。他們是去設陷阱捕鳥獸或者採蘭花的。晚上看著摩托車的暗影，多少總要擔心起他們在那麼黑冷的深山裡正做些什麼事，如何過夜。

我在溪谷中有時會碰見他們在生火烤煮獵獲物。果子狸、飛鼠之類的小動物在彎刀起落間血肉模糊，一塊塊丟進沸滾的加入米酒的鍋裡。有一次並且看到一隻烤過的大猴靠在石頭邊，毛燒光了，皮色灰紅透青，腳斷了一截，剩下三肢的指爪曲張著，兩眼圓瞪，嘴巴緊閉咬牙切齒的樣子，看了使人心驚，不知道該如何去面對眼前的這些人和獸。這些和其他更多的動物何辜，要遭遇這樣的死亡？經濟這麼發達了，這些人真的一定要靠這樣的方式來謀生嗎？他們別種的討賺的機會呢？他們艱辛地翻山越嶺，露宿受凍，收獲又能有幾許？據說，一隻飛鼠頂多也僅能賣到兩百元，如此對待野生動物，我寧可希望不是由於什麼無稽的所謂殘忍的天性，而確屬不得已，是為了生計。

寺院周圍的一些山頭上，在一些高約四五百公尺的斷崖上方，有幾處墾殖地，有的種竹子，有的因距離高遠而看不出是哪些作物，但每隔幾個月就會望見翻新裸露的土肉的色澤。我一直不清楚種這些地的人是怎麼上去的，收成的東西又將如何送下。

事實上，早已有人學會安全而容易的謀生方式了，山腰風景區的那些陪照的姑娘就是。她們盛裝豔抹，對觀光客緊纏拉扯。生意清淡的空檔，有的就去小店買雞爪翅膀，邊吃邊嬉笑追逐，或是坐在石桌邊無語茫然看著桌面，時而抬眼盼候下一輛車的來客。我在旁觀看，心中生起一些難過，對她們，也莫名其妙地對自己。更難過的是，她們的陣容裡最近竟然加入了兩名老婦人。兩人的臉上有刺青，確具異樣的特色，但所穿的那一身新裁的鮮亮衣服應該只適合少女的，她們爭取客人時也總顯出羞愧的表情，好像還在掙扎著要保護某些東西。幾個寒冬的黃昏，我看到她們蹲在風景指示圖的牌板下烤火取暖，用從垃圾箱翻撿來的廢紙烤火，等待載她們回家的最後一班車。

不過，在原住民的某些真實生活中，也並不全是殘忍和無奈的事。我還看到自信和希望，那是兩位泰雅青年以行為詮釋出來的。

他們來到佛寺旁邊架設吊橋。他們爬峭壁，安放主索和基座，坐在橫跨於兩條纜索間的木板上綁鋼絲，底下是三四十公尺的深谷。他們工作時費力而用心，謹慎卻不畏懼，身手俐落，經常還一邊大聲唱歌。幾個落雨的下午，我和他們在堆放著材料工具的工寮內喝酒說話。他們擬聲擬態地向我說明食蟻獸和飛鼠的習性脾氣，一起笑著爭論雨天最適宜做什麼。他們都在遠洋漁船待過，去過開普敦，也曾受雇上山伐林。一個已經娶妻，而且當了爸爸，一個還沒，兩人的家裡都有幾塊地。不久前，他們合夥在一處臨海的山上種下了若干瓶的菇菌。他們約定，假使隔天仍然下雨，就騎車再去巡視香菇已長得如何。

雨落在工寮的防雨布上面，淅淅瀝瀝，笑聲則充溢著寮內。不遠處，佛寺朱紅的飛簷映著青山，在斜飄的雨絲裡。快樂充實的日子，快樂而認真過日子的山地青年。他們的臉孔是生活過的、令人感動的臉孔。從他們身上，我彷佛看到一種可欲的山中人的生命情調，一種如實地接納自然、親近自然，並且不亢不卑地出入自然求生的生活方式。

4

山居中的恬靜最使人心生歡喜，覺得充滿了幸福。但這種感覺完全是屬於我個人私己的，難以和他人分享。當深夜沉寂，偶爾會有一部卡車從山腰轟隆疾馳而過，聲音在峽谷間響應激盪，久久停留，我往往就會從安寧的心緒中驚覺過來。車上至少有一個聚精會神在奔波的人，重山曲流外就是苦樂混合著沸騰的紅塵，那裡面也有著我的妻女和親友，而我卻一個人上山來獨自享受清靜。那麼，我的幸福是不是純由逃避式的懶散得來的呢？山居只是自己刻意經營的一種看似空靈其實奢侈的生活？心安理得會不會是虛幻而脆弱的？

至少，我不希望如此，因為人間是我的根本用情處。

即使在僻遠安靜的山上，我仍然可以從報紙上讀到世上的諸多需索與沉淪、貪婪與欺壓、仇隙與爭伐。天天談流行和美儀，很可能依舊是一顆顆庸俗荒蕪的心；追求發展消費的後面有著不少燥熱惶惑和痛苦的人；歷史的嘲弄何其久長，令堂皇的言辭和卑鄙的居心不好辨分。但我也曉得，另一方面，許多人在不為人所知的地方揮汗工作，一些人在努力探索使我們的時代得以讓後世緬懷的理想和成就。一個讓人氣餒卻又時而滿懷希望的世界，但總是我們存活的世界——不可能割捨，而且終將回去。

那麼，我的上山就算是一種休息吧。我在休息中平靜翻看自己有多少明晰和晦暗的地方，從個人的我去品評過去和未來的社會的我。當我從報紙上某些令人沮喪遲疑的記述中抬起頭來，看到陽光曬在遠遠的山坡上時，我知道，山中天地正在呈示的，就是所謂美的、深刻的，以及不可移易的事物的道理。這些事物，我想，在我下山時，應能幫助我克服徬徨憂傷，能使我在漫天火光中懷著一塊清涼的乾淨地的吧。

原載一九八四年二月廿九日《中國時報》「人間」副刊

人在社子

西北流的淡水河將要通過關渡時，基隆河由東匯入，兩河之間因此夾出了一大塊泛稱為社子的沖積地，形狀狹長，有如半島。

我來過半島的尾端數次，坐在河邊，或是沿著蜿蜒的堤岸散步，總覺得這裡的地理形勢很有氣派，充滿了神靈。水面遼闊蒼茫。淡水河南岸在大約至少半公里外，土地從那裡低平地開展而去，迷離的草木和屋宇映著極遠處垂落的蒼穹；那是蘆洲和五股的一小部分。上游遙深，瀰漫到高樓密集的台北市中心腳下，屋頂建築線凹凸參差，在晴朗的日子依然隱約可見，以天邊連綿的山丘作為大背景。基隆河對岸則是坦蕩的關渡平原，經常廣布著綠意，新起的樓房在它的外緣和較遠的斜坡上群聚或點綴。壯麗的大屯山系盤繞北方，遠遠地望著。觀音山赫然橫臥於西，靜觀二水的交合，並與峭立的關渡宮一起把守出海的水門，旁出的一系列丘陵迤邐南下，終歸消失在天色裡。天空高廣沉默，更在守護著這片悠緩的水流以及四周眼裡所及的江山文物。

而我，我就在這個山環水複的水邊，在一個空曠又若似自有層次的完整天地中間，獨自外觀內省，每次都會油然感到這片天地飽含著生機，彷彿還一直在透露著某些訊息，幽邈嚴肅，包括自然人文生命的生成死亡，流變和恆存。

根據郁永河的《裨海紀遊》：由淡水港入，前望兩山夾峙，曰甘答門，水道甚隘，入門水忽廣，泛為大湖，渺無涯矣。這是一六七九年的記載。所謂甘答門，就是今天的關渡。那麼，將近三百年前，現在的整個社子一帶似乎都還在水裡——據說是前此三年的一次大地震造成的。

三百年前，甚至於整個台北盆地也大致尚未開發。明鄭據台後期的一六七〇年代，屯墾先鋒雖已進入今日的石牌，西班牙人和荷蘭人更曾早已先後完成過台灣北部的局部佔領，且在大屯山區大規模地開採過硫磺，但那時真正擁有這些青山綠水和原野的，卻是總共二十幾個部落的原住平埔族人。一七〇九年，一位姓陳的泉州人初次請准了台北地方的開墾執照，然後才有較增的移民，形成日後新莊艋舺的富盛，且使後者在大約百年後享有過它最風光的時期。台北城的開工興建則是一八八〇年的事了。

三百年。三百年的風雨和血汗。這一大塊原為魚蝦棲息的水域竟然成了人類行住的大地，周圍這廣大的地區甚且有了豐茂複雜的文明產物。是經過怎樣的變遷，社子才由水底浮出而成沙洲而成現今的規模的呢？年久月深，我實在不知道從哪裡下手細究。然而關於人為的努力，關於我們的祖先當初來到這片陌生地時所可能受到的艱苦以及所表現的活力智力，我卻是可以在想像裡加以揣摩的。

當年，我們的祖先由於謀生困難，或因案亡命，所以就那麼決絕地來了，帶著種籽和牲口、知識和技藝，渡海來到這個代表希望的島上。他們在草莽山林間一寸一尺地開闢拓墾，與原住民周旋，與自然界裡的一些無情的敵對力量相爭戰，身體疲累已極了，還得忍受重重的物質匱乏、瘴癘疾疫和傷亡。白天，他們在烈日淫雨下流汗吃苦；當黑夜籠罩荒野間，他們則在寮舍內獨嘗內心深處的恐懼悲涼。他們播栽下了作物，打拚經營，總算建立起可憐而珍貴的家園，卻又要遭遇到荷蘭、西班牙以及更往後的日本三個殖民異族的壓榨剝削。歲月悠悠，一切的奮鬥幾乎都孤立無援，人過得何其晦暗辛酸又漫長啊，而支持他們下去的，大概唯有那股堅韌不死的生存意志和對未來的希望而已了吧。這股意志和希望世代相傳，繁衍滋長，才終於有了我們這綿延三百多年的歷史，造就了阡陌良田和大城小鎮，以及這個在二水之間靜靜生存的社子。

河水漫漫，那些殖民者的船隻就是從這片水流經過，載走鹿皮、米穀、茶葉和砂糖，載走先人們多少心血汗液的。如今，很好，他們都走了。

大屯山間也已沒有採硫的活動，留下的是幾處讓人煮蛋洗澡的窪谷。

但這塊土地的原來主人，那些平埔族，是不是也一起消失，甚或，滅絕了呢？

這裡最先原只有他們自由的足跡，如今卻都已不見，甚至於絲毫沒留在我們的記憶裡。我們的祖先必曾不公不義地對待過他們，向他們欺詐索奪，把他們當作禍害般地殺戮的吧。

那麼，我們該負起多少歷史的罪愆呢？那麼他們留下的美麗大地，如今在我們手裡，如今又怎麼樣了？

社子尾端這個地方在人文表現上，相對於自然景觀的闊氣靈氣，實在顯得黯淡而卑陋。

最驚心怵目的是來自河上的噪音與河邊的髒汙。噪音是抽沙浮船製造出來的。船屋零落，安裝著大馬達，停駐在河中心，以相連的一截截縱橫水上的粗黑輸送管將水和沙一起送到堤內的蓄沙池內。馬達聲整天響個不停，砰砰轟轟，在四野裡激盪，密實洶湧，不留空隙。能夠偶爾將那聲浪稍微刺穿的，就只有岸邊尖銳的車聲和工廠敲擊鐵器的聲音了。難得讓人的聽覺有個片刻清靜的時候。

髒汙則是因為流域兩岸的城市。水色灰沉，幾乎看不出流動的樣子，不知道是不是過於濁重的關係。水面經常浮著各種廢物和布袋蓮，有時還冒著嘆息的氣泡，好像得了什麼疹疥瘡疔之類的皮膚病。也可能是被強灌太多的農藥金屬糞便而潰爛壞死了。水邊的淺灘是黏膩的汙泥，上面混亂地散置著塑膠袋、瓶罐鍋碗，以及人們想得出的該當丟棄的種種東西。偶然還會看到已經生了蛆的狗呀貓的屍體。不少人把這兩條名河當成了垃圾場；反正許多識與不識的人都這麼做。而且河又不是我自己一個人的。

噪音加上髒汙，水中族類必然已窒息中毒而死或嚇跑了。我只見過一些大膽的水鴨三三兩兩的在水面漂泊。另外還有一種瘦小的鷸鳥也經常在水和泥灘的交界處走跳和逐食，時而機警地抬頭張望。除了隨季候流浪之外，牠們生活的樣子，簡直就像住在岸邊村子裡的那些人。更像村人的是水筆仔。它們為數甚少，孤單地在河邊生長，長在略帶霉腐的氣味裡，落寞倔強，有點營養不良。

三面環水的這片地，如今已成為一個首善大城的轄區了，在行政區分上被畫為台北市延平北路九段，好像它和前面幾段一樣，有著大都會傲人的聲色衣香。但其實它只能說是一個以農為主的小村莊而已。

這個村子初看時似乎沒有強烈的渴欲，逆來順受，滿足於寂寥的存在，卻又很像蠢蠢欲動，只因對許多事情不知所措，才無奈地極力隱忍著。村中作為交通主幹的延平北路彎曲狹窄，錯車都有困難；它通抵半島尖端的聚沙場，然後在河邊終止。此外，就只有一條和它交叉的泥土路了。土路往北經過一小片農地，直伸到基隆河的堤防下，往南是一段豬屎豬尿流溢的爛臭路面，接著也是聚沙場和河邊。木板屋、舊磚厝、二層樓房和工廠以及刺竹叢粿葉樹雜居交錯在這一截延平北路的兩旁，沒有一定的方位與格調。呈現出個體在社會變動中惶惑且缺乏自省地競相各尋出路時的某些散亂步伐。那是一種令人覺得焦躁不快的無秩序，而非怡人爭放的繁花。運沙卡車和公車從這條住屋間的隘路呼叫而過，飛落或揚起的沙塵撲在屋頂牆壁和樹葉上。人們對這些強悍自認理所當然的車子大概習慣了；小孩子在竹叢後的小庭院裡騎娃娃車，扭打嬉戲，追逐掩尾奔竄的雞鴨鵝，或是一個人捧著碗坐在屋前多沙的台階上吃飯，一邊不知在想些什麼。衣服晾在路邊，在陽台上和院裡無聊地垂掛。土地公坐在巷口的小廟內，斜對著剛好彎了一個彎的道路，門楣上橫懸的那塊褪色的紅布也積了一層厚厚的沙，有如懷著沉重的心事。

村子裡有一家撞球間，三、四間小雜貨店和食堂。撞球間沒有門面；那是一些少年人就近玩樂消遣的方便去處。飲食店面對海專的校門，做的也大抵是學生的生意。學生放學了，稚嫩的笑聲頓時張揚開來，年輕的臉上神采煥發，他們有的叫鬧著，有的還邊走邊嚴肅地爭論他們認為重要的課題，好似村子裡忽然有了文化氣息起來。然而那些店面和住屋卻仍兀自瘖啞地蒙著原來的沙塵。工作之後的當地居民，默默地從這些歡樂的學子之間穿過，進出於門扉半掩的住屋，表情淡淡的，不知道休息時能做什麼，能去哪裡。

也許就因為這樣吧，每家商店附近的廊柱或牆壁上，常會見到市中心某幾家戲院的歌舞團廣告招貼。那是都市積極向他們推薦的一項娛樂。招貼搶眼突出。這不只因為它鮮豔的色彩，更由於上面那些女郎的暴露和文字的煽情所意味著的我們這個社會對某些價值明目張膽的追求。這與此地的居民、建築以及屋後農田的壓抑情緒，恰好成了一個帶著些揶揄的對比。

此地的農田全為沙質的菜園，是供應台北人口的蔬菜專業區的一部分。

可耕的面積不大，式樣也不整齊，再受到零散新建的房屋工廠的割裂擠逼，更像是個畸形的田園——「開發中」的田園。平常在園子裡耕耘的大都是些上了年紀的男女；他們低頭彎腰，忙著整地或照顧成長中的各色蔬菜，包括土白菜和時髦的萵苣。他們的模樣仍是從前農人的模樣，仍是每個鄉下農人的模樣，穿深暗色系的衣服，勤勞且不多話，一如他們的手腳所接觸的土地。他們往往是形單影隻的；在看似濕潤而溫暖的淺黃色沙土上或在一片青翠裡，獨見粗重的身軀在緩緩移動。菜園要熱鬧起來，得要等到黃昏時。這種時陣，如果是採收日，剛下班和放學的兒孫子女等大概都出動了。大家分頭忙著收成、整理和裝筐，準備明天趕個大早運往市場。在愈來愈濃的暮色中，菜園裡似乎也漸洋溢出一種每個人都有緊要事情可以做的和樂感覺。但真的和樂嗎？我相信是的。那是一種相依為命的共識親情，全家人通過微薄而不太可靠的物質目的，通過共屬的田園和一起的勞動，深沉的情愛往往就會逐漸凝聚。

我從村中走過時，常也會看到一些留在家裡的婦女在洗淨菜葉或根莖上的泥土。洗過的顯得生鮮的綠色蔬菜，有規律地疊排在大竹筐內，特大號的水盆晃漾著輕細的水聲，地面則濺濕了好大的幾塊。她們坐在門口，臉上看不出什麼特別明顯的感情和思想，但那樣的臉孔卻也最為真實。她們穩定的坐姿映著室內深處不太清晰的神案供桌和隨便放置的木椅，令人覺得她們又憂苦又自在幸福。這種自在和憂苦，彷彿全都來自陰涼卻幽黯的屋裡，以及屋外那幾棵永遠蒙著灰沙卻也依然活得旺盛的粿葉樹。

報紙上曾說，計程車司機晚上不太願意載客到延平北路六、七段以後的社子，因為這裡地下工廠多，分子複雜。確實，城市的邊緣角落裡常會寄居著一些外地來的淪落者；他們是迷失焦躁的。但我在九段尾看到的，卻是一些在熾熱的火爐前和雜亂髒鏽的鐵堆中焊鑄、搬扛、敲打的青少年。下工了，他們安靜地跨坐在工廠的圍牆上低聲談話，時而望著河水，目光很遙遠，臉上手上衣服上全是鐵鏽汗漬。爐子裡的火熄了，但他們並不急於洗澡換衣服；這是屬於他們自己的時間。他們要先鬆懈一下，讓涼爽的晚風輕拂，想幾回他們離開的家。

聚沙場的那些開劏土機的年輕司機當中至少也有一個外地人，因為我曾看到他在中午休息時靠坐在駕駛的位子上小睡。身邊放著一台正在播放音樂的收音機。在整日喧騰不休的馬達聲中和太陽下，獨坐在高高的機器上，他不免會有寂寞的時候，所以他就讓電台的歌聲和話語來陪伴他，陪著他工作和入睡。

另外也有人受雇在聚沙場工作，但已入中年。他們穿著長統雨鞋和防水的工作服，在聚沙池邊過濾一併抽上來的雜物碎石，清理排水路。他們的女人則留在堤邊低矮的工寮內，坐在門裡，迎著門外的日光和有點臭味的沙堆泥濘路補衣服。洗好的衣服則晾在屋側，面向河水，襯著漆了柏油的黑色木板牆。如果天黑欲雨，她們就急忙地跑到堤岸的斜坡上，收拾曝曬的煮飯用的柴薪，等候丈夫回這個臨時的家來。

生存該是個什麼模樣？活著是不是應有一些希望？那些在堤岸邊奔上跑下，在蓄沙池旁髒亂的沙堆水坑間遊戲玩鬧的小孩，將來長大後，對他們幼時居住的這個故鄉會怎麼想？

對我而言，台北市有這樣的轄區，有這段瘖啞的九段尾，是很使人驚疑納悶的。一些人粗糙地活著，在邊緣地帶粗糙地勞動、生產和休息，向中心供輸民生必需物和剩餘的人力，為中心的精美華麗和強大奠基，討賺生活的基本需要，然後在被忽視忘記裡忍受孤寂和財富權勢諸種欲望的折磨，分攤諸如汙染稅金之類的擔負，東拉西扯地湊合著度日子。

是否就是這樣子而已？或者，我們可以期盼一個真正互相效力的社會，讓進步同時表現於物質的均等發展和心靈的一起成長呢？

二水默默交匯，然後向著河口流去。蒼天不語，和四周遠近的山巒一樣地在沉思。微風吹過，千萬隻逝去的前人的眼睛，彷彿就在岸邊那些拂動的作物草木間，注視著我們暫時走過這片大地的腳步。

原載一九八四年四月廿七日《自立晚報》副刊

在山谷之間

朋友用機車載我到花蓮溪大橋東端的橋頭，然後我就一個人出發了。幾天來雨連續落著，從我出門經過北迴鐵路到花蓮，雨在每個地方都落個不停。夜裡花蓮的朋友勸我別走了。早晨起來，我們站在屋頂陽台上眺望灰沉的大海，我要去的海岸那一脈連綿南下的山巒是黛藍的顏色，凝重厚實，映著粉粉的雲層。朋友說，天氣還是未定，途中可能遇雨，而且目前山路必定泥濘難行。

路其實是好的，而且正適合徒步。濕潤的沙質黃土混合著碎石。路面可算平坦，腳底的觸覺鬆軟舒服，一些小水坑更使人覺得有著清涼的意思。

天氣也適宜，三月初春的上午九點多，雲已不再那麼濃密，太陽也有想要顯露的樣子，微冷的空氣從山間的雜樹林內散發出來。遙望前路，海岸山脈在左，開敞的縱谷在右，花蓮溪靠著這邊陡峭的山崁，奔向我身後的河口，路則在山腰低處隨山勢蜿轉。一切都使人喜歡。事實上，我毋寧希望在途中碰上一兩場雨，最好還是大雨。雨中山間獨行，對事物的觀察應該是異於平常的吧，體會或許也會因而另有所得。我選擇這條陌生的山路，也只不過是希望把心打開，沿途收納一些我不曾知道的事物而已，看看屬於我們卻又少有人到的這塊地域生成什麼模樣，看看別人如何過活，有何想法。

我回頭，友人和他那輛偉士牌仍在橋頭，有點模糊，背後是曲線優美的海岸和靜定的海洋。市區在大山保護的沖積地上，在許多綠意間，小巧美麗。我再次揮手，看到他的手好像也在搖動。友誼的信賴與慰藉。十多年來，我那麼喜歡花蓮，屢次往花蓮跑，除了她偉大而富靈氣的山水，以及居民之間似仍保有著的相知親近的舊日聚落風格之外，我對一些友情的記憶，應該也是原因之一吧。我又回過頭去，但人影已更模糊了。山水和城市一起沐浴在雨後恬寧的氣氛裡。

海岸山脈接連起伏達一百五十公里以上，從花蓮市郊到台東市鎮的邊緣，據說屬於太平洋海底板塊，是因與歐亞大陸地塊長期運動衝撞而隆起的，我右邊的縱谷就是這兩個地塊的接觸線。花蓮多地震，原因也就在此。這些山的海拔約略只在一百多到五六百公尺之間，南部的少數高峰也不過千尺上下，但形勢崎嶇，稜脈扭曲交疊。我走的這一面背對著海風，大多長了些雜亂的樹林，有的闢植了梧桐或木瓜。我甚至於看到一小塊旱稻辛苦地長在小山的頭頂。

沒再走多久，太陽真的終於露臉了。我解下背包，脫掉夾克，面向縱谷坐在路旁的乾草上，拿出筆記本記載一些事。本子上有著我的頭殼和毛髮的投影，其他沒被遮住的紙頁則顯得柔亮，色近鵝黃，用手去觸摸，幾乎感覺得出陽光薄薄的，很細緻。縱谷大幅地橫臥在眼前的崖下，木瓜溪從對岸遠方的中央山脈出來，造成極為遼闊壯觀的沖積扇，溪水分成數股，在石頭磊磊的扇面流竄，終而全部注入水量較為豐沛的花蓮溪裡。石頭間，有人在整地，並且有幾座獨立的草寮，草寮北面總有高起的石堆，大概是為了擋風而堆起的。我判斷那些人是在種西瓜；著名的花蓮西瓜大多產自這類荒涼的河川地。河床西側才是平整的農田，作物色澤或綠或黃，深淺不同，一塊塊相間著伸展到對面的山邊。遠山浮現著一層淡淡的紫氣，白雲依倚，炊煙從山腳裊裊上升。整個縱谷安詳寂靜，只有河口遠處傳來的怪手作業挖沙的聲音。

這一切確實都是賞心悅目的，令人神閒氣定。但這又何嘗不過只是我這個過客眼中的風景而已？我想到新近結識的一位花蓮朋友。他曾懷著很好的理想為他的家鄉做了一些很讓人懷念的事，後來卻也為了這個理想而耗盡心力，傷心離開。他在一封「為了紀念我們的友誼」的信裡說：「難得你那麼喜愛我的故鄉，其實那兒險山惡水，營生不易，美麗的外貌底下有很多無奈。」他形容花蓮為「一塊磽厲之土」。

就在安詳寂靜的縱谷那邊，在那些宏偉的大山腳下，人們散居著，在狹長的平原和起落的山坡上耕作種植。那些地很可能就是這位友人所謂的磽厲之土的一部分了，瘠瘦且多砂礫，若是碰到山洪爆發，更將地移物換，滿目瘡痍。在縱谷遠遠的右前方，紙漿廠正在冒煙，它從早到晚排放的薰人臭氣和汙染出海口的廢水，幾乎是每個花蓮人天天咒罵的對象。但是十多年前，他們曾燃放鞭炮，歡迎該廠的設立，以為這樣可以繁榮地方經濟，增加就業人口。這種「營生不易」者急於賣身謀生求榮的心理，如今仍在重演：他們的民意代表正大力懇求官方讓商人來太魯閣國家公園門前設廠開礦和生產水泥，理由仍是同樣的繁榮地方經濟和增加就業人口。

我闔起記事本。縱谷上依然是一片安靜。在春日開朗的照耀下，那些黃綠相間的田野裡好像正在升起溫柔的白色水氣。我攤開地圖，對照一下位置，並估算里程，然後便又上路了。

客運車是不走這條路的，最近的村子是十公里外的月眉，那是我中午預定歇息的地方。路上行人居民更是絕少，隔很久才會遇見一兩位騎著機車而過的人；從容貌上曉得是原住民。在一個隱蔽的山彎處，我才看到一位剛從密林中出來的人。他正在把砍成一截截的樹根葛藤綁到腳踏車後面的架子上，那身灰黑的衣服差不多全濕了。他是來採藥的。「親自來採才有好藥真藥，而且賺個工錢。」他說。他在市區開了一家青草藥店；那張他給我的名片上印著專治風濕血濁筋硬婦人月內風之類的詞句。他已六十八歲，對自己的療方很有信心，並舉了好幾個治癒的例子。子孫卻都沒學，他說：「都嫌賺這種錢太艱苦了，都出外去了。」我手中捏著那張名片，目送他踏上車，走向他回去的坡路。

在一段直直下斜的路上，我認識了兩位兄弟。他們的水泥屋子就立在路邊，是向一個已經他遷的老兵租來的，視線以內，別無鄰居。我進去時，他們正在聽交響樂。前廳很小，桌上擺了許多諸如老莊、列子、韓非和禪佛之類的書冊，桌下是數包家禽飼料，牆上則是一幅西貝流士（Sibelius）的頭部炭筆畫，神韻十足，是弟弟的作品。他十九歲，哥哥二十二歲。他們遠離市區的家，來這個偏僻的山邊養雞和羊。羊有三十幾隻，棚舍從稍陡的山麓橫建而出，底下懸空的部分正好可以讓糞便流下來。雞是土雞，共一百隻。兩者都採放飼式的，但因為連日陰雨，我去參觀時，全都分別關在茅舍內。後來，我們一起坐在屋前傾斜而下的水泥地上欣賞弟弟的素描，談他們的養牧計畫，爭論藝術該不該走偏鋒。陽光直射在水泥地上，輝亮溫熱，屁股卻是涼涼的，我時而聽到雞在雞舍裡的撲跳啄食聲。

飼養的事原先是哥哥的主意，父母贊成，弟弟則以行動支持。哥哥高中畢業，參加過農牧經營講習班，學得了不少理論知識。「大家都往城裡跑，其實我覺得我們這樣也很好啊，單純又自在。」他說。那微露的笑容是樸實與青春的一種奇特混合，和他那雙沾著泥土的腳板一樣，都讓人感到很有希望。他們才開始兩個多月，一切都還算順利，唯一擔心的是羊群有時難免會蹧蹋了別人在附近山間的木瓜林花生地，而且將來也許會容納不下更多的新生羊。我離開時，答應以後專程來看他們的雞羊和弟弟的畫。

中午，我在月眉國小休息。假日的校園空曠無人，大操場油亮蔥翠，圍在一圈黃土跑道裡，教室在稍微隆起的平台上，後面是競立的山峰。我坐在跑道外側的鞦韆上吃乾糧，在擺盪中看望這個阿美族人的村子。我已在村裡走過一趟，道路潔淨，破舊的房舍掩映在綠樹叢中。然而路邊也有數家二層樓。幾乎看不到人們的走動，有的門戶甚且落了鎖。我問了一位正在劈柴當薪的女人，她說：「有的去工作啊，中午不回來。」她指的是一些年紀較大的人；年輕的大都離鄉他去了，去海上、大卡車上、城裡的工廠或別處高山的某些林場。後來，我也問了兩個好奇地跑過來和我一起盪鞦韆的小男孩，問他們將來要做什麼。他們說要當兵，意思是職業軍人，是一種不必憂慮吃穿的生活保障。

他們對我也有疑問：「你是在遠足啊？」他們大概覺得，一個大人背著一大包東西，不為什麼地單獨走遠路，是一件古怪不正經的事。真的，和他們那些必須吃力地上下山墾種覓食的父母兄姊，以及必須走好幾里路上下學的同學比較起來，這種自討苦吃的行徑是很有點古怪不正經。

午後天稍轉陰，有些雲霧在我左後方的山頂醞釀；我離開月眉後不久甚至碰到一場毛毛的小雨。一群人在雨中的蔗園裡收成。蔗園離路有一段距離，在不規則地層層下降的斜坡邊緣，靠近縱谷。海岸山脈這一帶竟然也種甘蔗，實在教人納悶。糖廠遠在縱谷的另一邊，收成的甘蔗將如何運過去？是涉水渡河呢，抑或繞個大圈走山路？這種收益極低的作物再如此費工搬運，難道不會蝕本？

這一路上的可耕地全是依著山勢拓墾出來的，真正的平地很少。種的也大約是些玉米花生之類的雜糧，間或有少數的幾塊果園和水稻田，以及廢棄的木瓜田。有的瓜田已經犁翻過了，這是從腐爛的莖幹認出的，大概又是傳染了什麼毒素病。

靠這些土地維生的，以阿美族人為主，另外就是命運有點類似的兩種人：退伍的老兵和流落的所謂西部人。這些後來者的住處往往孤門獨戶，或三兩家遙遙相望，就地取材建起的房子常立在一些令人意想不到的地方，如荒僻獨立的山頭、山彎水流邊，或是兩山夾峙的窄道口。全為了拓殖的方便。不過情形也不完全如此。下午我在路上見到的一位外省人就和別人一起住在一個小村落裡。

看到他時，他正推著一大車草葉要轉彎回斜坡下的村中去。明天開始，他和他的牛將受僱去犁田，糧草正是為牠準備的。我幫著他推車走過村子，一位阿美族中年婦人笑著跟他說：「老周啊，你要把你的牛脹死啊！」他大聲地答：「沒辦法啊！」後來我們走下縱谷，坐在一排竹叢下，看他的牛在水裡浸浴。他說他是江西人，當年從上海撤退時是藉著綁腿結成的布梯上船的。共軍的機槍和船上的機槍互相慘烈地開火，許多人紛紛落水，也不知是中了彈還是沒了力氣。「碼頭上黑壓壓的人，哭叫的，奔跑的，那麼混亂，命是撿來的。」他說。而且還能在台灣與妻子重聚。兩個兒子都已長大，先後去了台北。因為他以前在老家就是種田的，退伍後最希望的仍是一塊實在的土地。目前他已有二甲多。三十幾年來，夫妻兩人就一直住在阿美族人的這個村子裡，成為他們的一分子。

我們聊了好一會兒，他的牛偶爾在水窪裡翻個身，或是甩甩頭，大概是在驅趕蒼蠅。大耳朵打在背脊上，劈劈拍拍的。對岸的山色更濃了，雲層厚厚地逐漸降低。

晚上，我過夜的地方叫米棧，但為什麼叫米棧，我看不出有何道理。狹隘的耕地上長的並非稻米，大略仍是些雜糧。村莊也很小，約只十來戶人家，全是矮舊的屋子，分散在路的兩旁。我住的是原住民的工寮；他們的家也不在此地，有一個更是遠自烏來來的。他們被請來這裡的山上分別開怪手、鋸梧桐和搬木頭。我們四男二女坐在寮內低低的木板床前煮蛋花麵和小鯽魚湯，以及大口喝酒和大聲唱歌。潮濕的木片燃燒時不時冒出灰煙，在室內瀰漫。夜深酒足，其中的一對夫婦騎車回二十多公里外的花蓮去了，另外的兩個男的則興致高昂地摸黑外出打獵，只留下那位烏來青年的太太和我撿紅點，等待他們回來。她一邊玩牌，一邊訴說她和丈夫堅貞辛苦的戀情，如何因他上了遠洋漁船而連續二十八天僅僅靠酒過日，如何因娘家反對而使一個已經五歲的兒子還未正式入戶口，以及如何為了找工作而經常四處奔波。

她的聲音低沉，淒切地在工寮汙褐的牆壁間流轉。四十燭光的昏黃燈泡從鐵皮屋頂垂落，她的臉孔在頭髮下光影交錯，輪廓依然有泰雅族人的鮮明，只是帶點憂傷和不滿。床前的地上是幾小撮魚刺骨頭與尚未完全熄滅的爐火。屋外是風吹樹葉的聲音、雨聲及不時的幾聲狗吠。時間似乎緩慢了下來，我們都不太經心地玩著紙牌的遊戲，等待他們回來。

兩位年輕山胞回來時，只帶回三隻老鼠，他們烤著吃了。我又和他們喝了一點加保力達的米酒。很晚了，大家才決定睡覺，四個人擠在一張床上。當夜，我不知是怎麼入睡的。

隔天早上，他們的雇主催我們起床。匆匆吃過飯，他們就走了，坐著拼裝車上山去。看著昨晚和我喝酒談話說笑唱歌的他們消失在山腰的樹叢中，我的心彷彿一時變得虛乏了起來，但又彷彿變得很重。

我走向米棧國小，坐在教室前面的台階上寫信，想一些事情，時而抬眼看看逐漸醒來的山野與河谷。這是一個很小的學校，是月眉小學的分班，只有四名學生，由一位年輕的女老師合班分別授課。老師每天由縱谷的對岸騎機車來，經過河床砂石間的小路和一座竹子搭成的很長的便橋，來回兩三個小時。她說，教這些學生很愉快，能像對待自己的弟妹那樣疼惜；他們也常帶她去深山林內看一些奇特的景物。她還說，過去學生最多的時候有三個班級，但學區內的許多人家都陸續遷走了，因為生活困難。我和老師談話時，他們都靜靜地坐在教室內看書寫字，小小的校園也和他們一樣安靜。

朝陽出來時，我向他們道別。和煦的光線透過窗子照進他們的教室，照著他們認真的臉孔。經過了幾天綿綿的陰雨之後，今天可能要完全放晴了。

原載一九八四年七月《台灣文藝》八十九期

礦村行

五分車駛達終站時，降旗的聲音恰好傳了出來。最後的乘客陸續下車，消失在柵門外，司機和車長疑惑地望我兩眼，接著也走了。兩節車廂一時間變得異樣的安靜和空蕩。我獨自倚著窗口辨認那歌聲的來處，聽它越過錯落的屋頂，來到無人的水泥月台，然後在車內一排排暗綠色的沙發座椅間徘徊、沉落。幾名婦女在車站斜對面護堤上的煤集散場工作。她們遠遠的不時彎腰起身的身影，在下午欲雨的天光中，幾乎和煤堆同樣色調。而那歌聲，似乎也因摻合了她們揚起的煤塵和微淡的煤味而給人奇怪的感覺，彷彿帶著很深切的訴求，或是一種呼喊。

這歌，是我從小就熟悉的，其他所有的人差不多也是。歌裡稱頌美麗富饒的山川土地，宣揚高貴的理想。我們習慣在初昇的朝陽下或日落之前唱，有時在風雨中，在室內，在野外，立正筆直地大聲歡唱或靜靜聆聽，懷著戀慕的心情，充滿希望和信心，覺得自己正匯入了歷史的滾滾長河中，並在參與一個許諾了的偉大的時代，大家彼此鼓舞。雖然也曾在心神萎困時，這歌聽起來沒什麼特別的感受，但絕少這樣地讓人覺得失落遲疑，感到歌裡的讚美嚮往就像煤煙味那樣，散入灰色的空中，悠忽渺茫。

著名的一九八四年的去年，三次礦災死了將近三百人，餘生必須日日生不如死的植物人，姑且不算。

唱歌的是小學的兒童。他們行完了一天功課的最後儀式之後，終於放學回家了。我看到他們從鐵路來向的不遠處出現，沿著鐵路旁的狹窄人行道，一個接一個走成單排，一邊是住屋的門前。那麼規矩的單縱隊，那種沒有純真地嬉笑喧譁的場面，都是很難在其他任何小學放學的時候看到的。那樣的守秩序，看了卻反而使人心疼。他們無聲地走著，小小的臉孔和身軀，一個接一個，好像都不怎麼快樂。

在崎嶇的山嶺重重包圍的谷地裡，孩子能有個就近上學的所在，這是很好的。他們來學校認字，學加減乘除，求取知識，在鐘聲起落間，學習人與人的相處，從先賢哲人的教諭中，知道人類生活的理想。只是，這一切，卻往往無法拿來在他們的現實中應用和印證。他們最為刻骨銘心的知識是死亡，而且是突然而來的死亡。他們的學習動機，最根本的或許就在掙脫這人生的殘酷，背著父母的寄望，將來有能力遠走他鄉。否則他們仍然要步許多父老兄弟的後塵，步入求生於地底的命運。

他們的校門有一對很大的標語分立兩旁，上面寫著：走出校門，步步留神。在我看來，這字句已不僅是指回家途中當心火車等等而已了，而是給這些小孩子的整個人生所作的真實寫照。最為深沉而貼心的叮嚀；老師們無助的憐愛之意。當這些小生命走出暫時得以獲得安全的校園，當他們在侷促的人生環境中行走時，當外力已無法提供保護的時候，除了自我保重之外，他們又能做什麼？

這礦村已經很老邁了，而且看似不可能會再有什麼起色。

河水從村中穿過；這是一條有名的河流的上游，人們常遠來這附近郊遊看瀑布。水色鏽黃濃濁，不時冒出灰白的泡沫。河壁陡崎，叢生著雜蕪的密草樹木。更髒亂的是河床裡的垃圾。人們就依著高起的兩旁河岸聚住，隨地形起伏，屋頂一般都是塗了黑色瀝青的鐵皮。我從車站前面橫著的那條小巷走過時，僅有的兩三處菜攤肉店還在開張，一個賣麵的老婦人坐在玻璃櫥後的椅子上打盹，蒼蠅在菜砧上飛舞。礦場員工醫院是一座日式的舊房屋，面臨著鐵道，大門卻是緊閉的，外壁的木板因歲月而呈槁灰，只有牆前的一些花草還在歪斜的矮木柵後堅持著綠意生機。

河對岸有一座礦工的宿舍，格局外貌使它自成範圍。破落的磚造房子並排相望，中間隔著潮濕得有點黏糊糊且和著煤屑的甬道。霉綠的紅磚牆壁上只有少數的幾個小窗子，以及鬆脫的木板門。公共廁所散發出來的尿味在走道上、在晾掛於低矮屋簷下的衣服之間游移。我去時，只看到女人在舀水煮飯洗菜，廚具隱約在陰暗的角落裡。她們靦腆的臉容使我不敢向她們請教我心中的任何猜疑。一個老人坐在牆下的板凳上抽菸，冷漠地看看我，然後又急速低頭去撫搓瘦垂的小腿肉。幾個小孩在河邊的廢土堆上玩耍。在地下討生活的男人還沒回家。

當夜晚降臨，他們躺在河邊這些卑微的小屋裡，身體蜷縮著，或是夫妻彼此擁抱依偎，他們的心思到底會是什麼呢？那時，風也許會從森黑的山頭下來，也可能從河邊亂草間呼嘯而過，挾著揮之不去的煤的氣味，震動起他們薄弱的窗門。而不論怎樣，他們都必須趕快入睡；疲倦是有的，絕望則不太可能，因為後面實在已無退路。

礦坑垂直深度平均約四百公尺，某些更達九百，以長度計則可以長到三千。地熱溫度四十，大氣壓力增強，瓦斯充斥。無邊的漆黑，無援的深淵，接近閻羅殿府。坑道矮窄，跪伏曲身爬行、探勘、掘進和挖採。黑灰揚撲，沾在熱紅的皮膚和臉上，汗水滴在看不見的濕悶的炭渣裡。

而且隨時都要準備死亡。落磐、瓦斯突出、煤塵爆炸、機電故障、海水河水侵入等等。這些都可以讓人永不見天日。二十年來，死亡人數在三千三百人以上；每三百公噸的煤等於由一百條人命換來。

職業病更是嚴重。最近五年內，災變次數和死亡人數都屬最少的是民國七十二年，但該年殘廢的礦工卻也有四百八十九人，因病住院則達三千六百餘位。單是這一年，每五個礦工當中就有一個受害者。

這樣的工作是極其荒謬的。

然而，幾乎每個礦坑的坑口都有這八個大模大樣的字：安全第一，增產報國。

生活是不盡的忍受，的確偶爾會有厭倦，但也僅止於一時想起。對深坑底下的實況，以及對響亮的口號，他們可能早已麻痹。

但我來的時候，在車上看到的他們卻都很善良的樣子，頗有氣質。他們去別的礦場工作，然後搭車回來，手上拿著用布巾包妥的便當盒，有的還順便購回一些食物：幾把青菜，兩條魚，半斤肉。我原以為他們這樣的勞動者應該是身強體壯舉止粗獷的，但他們卻胸部瘦扁，肩膀不寬，在車上安靜地或站或坐，談話時，話語和笑容同樣輕淡。白淨的臉孔難以使人和熱悶的炭坑一起聯想，可是依稀中也還透著類似冥紙的澀黃，在車外天光閃爍映照間，看起來涼涼的，不知道是不是長時埋在黑暗裡，沒曬太陽，或是所謂的矽肺症的關係。

柴油車輕輕晃，輪聲吱嘎，蜿蜒曲折地通過一個又一個的隧道和小站。濃蔭多濕的熱帶雨林、峭壁斷崖、深谷水瀑，以及稀疏的住戶人家和河階地。險奇的山巒時近時遠，向車後移逝。火車彷彿要進入一個幽深的荒莽世界。但這些在這裡行住謀生的人卻只那樣泰然地在車裡，在車聲中，文靜地閒談著車外他人耕作種植的事，單純而容易讓人識破地炫耀幾句兒女的學業，說一些平常的知識，然而總不提到自己。

我甚至於聞不出他們身上絲毫有煤的味道，更無法窺探內心的祕密，他們的愛恨歡愁。我只能想像他們下工出坑時，熱切洗刷身體抹肥皂，想要擦掉潛意識裡的恐懼和黑色記憶的模樣。洗澡水嘩嘩地流，然後他們要去市場買些家人要吃的菜，然後坐下午三點二十分的車回來。

車聲吱嘎，伴著他們不便且難以為外人訴說的心情。

災變既然隨時都可能發生，那麼時到時擔當，平常還是莫去觸及那恐怖的厄運、那人一生的可悲吧。

驚慌失措擁擠穿梭的人群。警察憲兵。哨音此起彼落。救護車的尖吼和紅燈。擔架和氧氣筒。記者照相機。嚎哭哀叫或是啜泣嗚咽。淚水，深鎖的眉頭，憂慼無告的臉孔。日以繼夜的漫漫等待，相互探詢救災的進度。裝在袋子裡的死人。搜救者進坑又出來，出來又進去，心事重重，雙手廢然抱攏胸口，憤怒和悲傷。屍體並排放在木板上，臉部和身軀蓋著膠布麻袋，露出的腳腿焦黑紅腫。僵死的骨肉。盼望與絕望。披麻戴孝，坑口燒冥紙，呼叫丈夫兒子兄弟的名字，頓足搥胸。死了的心。紙灰在人的頭上翻飛。白衣護士掩面疾走。

然後，還得陪探望的舉步沉穩的官員四處巡視，作簡報，恭聽一次又一次的指示。

一次又一次的指示。內容也相當一致，無非是：一、對所有的礦場作迅速而全面性的安全檢查；二、立即徹查發生災變的原因和責任；三、盡一切力量救人，對不幸罹難或受傷者從優撫卹。

去年下半年的三次重大災變後，相似的這三點指示，生者死者也分別在地上地下重複聽了三次。另外還加上大大小小的通令、要求以及承諾從速檢討現行的煤業政策。

必然可以預期的是，下次再有災變時，仍是如此這般的層層指示、通令、要求和承諾。以及再來一次轉移焦點、助紂為虐、上下插手干預的愛心捐款。至於礦主的社會責任、補償賠償、官員的政治責任、道德良知以及種種刑責和礦工轉業的問題，等事過境遷，也就不必再去細究了。

電視上，記者問一位倖免於難但傷重躺在醫院裡的礦工：「你希望政府能為你們做什麼嗎？」

「啊——」口張得大大的，長長的尾音，像呻吟，又像煩厭。「不知道。說都說過了……」接著別過頭去。

一位入坑救人的礦工出來時，嘆息著說：「救出來是他們的命，會死是天注定。」他一邊用圍在脖子上的毛巾拭著臉上的汗水和煤汙。空茫的沒有著落的眼神。

人的無奈，莫過於如此。

所以一切苦難，看樣子都還不會有一個結束。

我要離開那個小礦村時，天漸暗了，開始下起毛毛的小雨。候車室大圓鐘的指針在剛亮起的日光燈下一格一格地向前跳動，如在顫抖。時間就那樣消逝。一位中年男子側坐在大門旁的木椅上，頭斜向站外的巷子，一腳伸向外面去，不知在張望什麼。一對青年夫妻無言地用菠蘿麵包餵他們年幼的小孩。兩隻貓在剪票口的木柵欄下走進走出，時而趴下來舐幾下背部。汙漬斑斑的紅色大垃圾桶佇立牆角。在集煤場上工作的婦人已經不見了。四周安靜，卻也有站務人員在隔壁辦公室偶爾的對話聲，巷子某處大人催叫孩子的呼喚，車站邊小花園裡的嘰嘰蟲鳴，和晚風的低吟。氣氛卻好像很鬱悶。但這也可能只是我的心情。這時我才想起，這一趟旅程裡，我一直沒與人交談過；面對一些人艱難的生涯，我實在不知如何插嘴。

車子開走後，回頭看到瘦長的旗杆模糊地伸入向晚陰雨的空中。

原載一九八五年七月《春風》叢刊第四期

遙遠的杵聲

晚上近十點，我們才趕到縱谷裡阿美族舉行豐年祭的小學操場。在一片漆黑深處，亮起的燈光如靜靜燃燒的野火，應和的歌聲便在那明滅的光影間相激相盪，摻著汗的味道，淋漓盡致的味道，而那一圈圍一圈又歌又舞的男女，手足起落中，頭飾衣服腿飾上相間的紅黑和純白，以及從腰際垂落下來的斑斕穗帶，一再揮動變化出譎幻的彩色，交纏掩映。我一時間就迷住了。

我從場邊那些嘴巴不停地動呀動的嚼著檳榔，時而指點說話時而爆出毫無遮掩的笑聲的人群裡穿過，急切地張望，躁奮好奇，有時還撞上一隻狗或一張木椅子，好像回到記憶裡傳統節慶中囂鬧繽紛又遙遠的童年。一切都很好看，都似曾相識親近，但也分明帶有些許的陌生和神祕。我找了一個機會，加入最外圍的圈子，介於兩個族人間，雙手牽起交握，努力學他們的步伐，揣摩他們的語音歌調，跟著大聲唱，偶爾扯起嗓子交談。中央領頭的歌者舂著木杵，一邊有時吟哦，或是來幾聲呼喚，大家便響應著唱和，天地像是也在震動共鳴，深深地湧迴。

歌裡唱詠的意思我原是聽不懂的，但那旋律如波浪，蕩漾席捲，手腳的牽連蹈踏更是坦白的傳情，一起交織著，觸動了一顆孤寂的心靈，一個被僵冷的情思模式束縛而又缺乏親切的人文潤澤的我。我因而似乎漸漸陷入一種酩酊的感覺，甚至於也忘了那感覺，只有身體隨著節奏在擺動移走，並依稀體會到其中訴說的人的命運，自由的嚮往，愛與同情。後來我甚且相信，這些歌，這些舞，無非在於要化去他們在人生歲月中隱忍著的哀愁和寂寞罷了。

在我的一般記憶裡，他們生活的模樣，真是有著很多哀愁和寂寞的。坐在市區剛入晚的國宅工地旁休息的那對夫婦和他們兩個幼小的孩子；漁港碼頭邊上下船的許多青年；採了一天的蘭花之後坐在晚風的公路旁吃飯的瘦小中年人；流著鼻涕長著白斑的在礫石海灘上追逐的那群小孩；山中工寮內煮食著速食麵和飛鼠肉的兩對男女……他們雖不一定屬於同一族，但似乎都同樣常帶著勞苦的樣子，有些壓抑，甚或有時候還顯露出生命的荒廢失落。但通過類似的歌舞，在傳統儀式中，在自小熟悉的人物和環境氣息裡，因為身體的直接接觸和歌聲的呼應，個體的身心得以獲致和諧的舒放，彼此的心靈則有了溝通和融合，以致生起共知共感的團聚一體的情懷，在親暱中相互唏噓取樂和鼓舞，在族群豐滿的懷抱中覺得慰藉和安全。

或許這樣的歌舞，對他們族人而言，已是生命本身的舞踊和呼吸了。而他們平凡粗糙的生活現象，也更因此總是伴隨著新奇而迷惑人的面貌。豐盛與寒簡，歡笑和傷痛，慵懶與認真，美麗和俗陋，一切都混雜得既荒謬又洋溢著活絡的生命力，令人感到既傷痛又愛惜，同時也有點欣羨。

然而他們的歌舞，也難保不會變調變質。

深夜我們回去附近小鎮街上朋友的家裡。他談起幕後的手對歌舞祭典的種種干預：過程的安排和指令，標語和訓詞；權力的威迫，金錢獎勵的引誘；泛政治心態和形式主義；幾乎全為了宣傳和應付和考績，膚淺而狹隘；那種殘蠻的性格和心靈的荒涼墮落，終將會把來自生活裡的文化花果摧殘得四散零落，徒具俗豔僵澀的枯枝。朋友這樣說：「還好你們來得晚，有力人士全走了，祭典的後半還大略能隨興。」的確是的，舞祭結束時的講話，用的是族人自己的語言，我雖然全部聽不懂，但那輕快清脆的語音本身，聽起來就是可喜可愛的。

躺在床上，我一直似睡未睡。我老是彷彿聽到風在臥室外的屋宇巷弄間遊走，拂打著人家的窗扉，沙沙吹起樹木的葉子。但又不完全像風聲，而是悠忽渺茫的祭典裡的歌韻，是絮絮的人語，其中也可能還有著樹林間鳥在飛翔撲翼，獸的跳躍掩藏，或果實的落地，新葉的伸張，然後是貓在屋頂喚叫追逐，狗在沉沉地吠吟，更也有低悶的杵音，其聲咚咚，很遙遠，像是在大地邊角的蔭綠多濕的叢林深處，帶著蘭花的香味和彎刀的蠻氣，以及莫名的恐懼和憂鬱。

還有，我在多年行旅中遇見的一些山地族人也出現了。先是模糊繼則清晰，後來甚且是同時出現，好像他們彼此已經認識，相約連袂同來，像是要繼續未完的談話，或欲邀更飲一口酒，眼神卻多是茫然的，沒什麼著落，沒有強求的意思。

清晨六點，我悄悄起床，推門而出。天濛濛亮，小街仍沉睡在初秋微涼的空氣裡。風卻是一絲兒也無。

我朝著昨晚歌舞祭的方位走，雖然不曉得確實的地點。聽著自己孤獨的跫音響在灰濛沉寂的路上，心情有一種奇特的些微興奮，彷彿要去探尋什麼，但又不真切知道，像是一種神祕的召喚，從很早以前就開始在心中醞釀著，隱隱催促著，要我去了解。但也可能只是意猶未盡罷了，匆匆來去，來不及思索，於是空留下缺憾和繫念，甚至是某些歉意。或者會不會是因為知道事情已過去，像一陣燦爛的煙火消失在平淡的日子裡，而想去作臨走前的憑弔，一如戀慕般的鄉愁呢？

從小學的側門轉上斜坡後，景象使我楞住了。開敞的操場上已非昨夜無邊黑暗包圍裡的魔幻般糾纏混合的聲音色彩，而是為數可能上百個工作中的人們。他們分散各處，分別在拆下高聳的瞭望台，拉起四周搭蓋休息棚用的竹竿，將拆除的茅草加以聚集和綑綁，或就近扛走，或裝上農用搬運車。也有的在掃地。近處的兩個年長的人則在收拾課堂的坐椅，要送回教室去。整個操場到處有人走動，但他們幾乎都沒什麼說話，都在專心工作，只有偶爾的幾聲低語交代，但在晨間逐漸轉亮的沉靜天空裡，卻像極了聲勢壯闊的大合唱。我佇立摒想，感受著它的氣勢，感受著這些男人凝聚出來的力量，工作的聖潔，以及他們從協調到分工賣力所展現的細膩溫柔。昨夜的奔放，今日工作的單純，同樣是美，一般的認真。

我走過去幫忙搬椅子。他們開朗地對我笑笑，只有一個說：「你也來啊！」似有嘉獎的意思，其他就再用不著言語了。我在操場和教室間來回疾走，竟至於也流出些微的汗來。心卻是很歡喜的。而便在這當中，忽然響起了鐘聲，吭隆哐啷，綿密洪亮。我驚疑地抬頭，才發現北面斜坡高處一大片相思林的樹梢上露出一個歐洲風教堂的圓頂。我所熟悉的鐘聲是那種幾乎已成濫調的緩緩的四句十六響，如此連續不停又記記有韻致的鐘聲，我是不曾聽過的。是什麼特殊的節日或事情嗎？在山巒遙峙的一個壯麗縱谷的小山腰上，在破曉的時分，在一群努力合作的人們之間，那沉穆又嘹亮的鐘聲，在我聽來，顯然是含有祝頌主題的吧——對生者和死者，對人間眾生的歡悅與悲愁。

後來，我穿過陡坡的相思林，在教堂門前的台階上坐下來，面對著空曠的運動場地，以及場邊樹木遠方暗藍的大山。剛在升起的太陽投下長長的樹影，鵝黃色的光輕撫在廣場上，也輕撫著教堂兩側花圃裡盛開著的黃色小菊花。教堂的一座紀念碑上，記載著大約五十年前一位牧師如何在日本的禁教令下晝伏夜出地在山間部落中跋涉傳道。他的信念和驅力是什麼呢？難道不是一些絕對的東西，諸如真理、美、無私的情愛等等？

一個新日子確實又開始了。我順著廣場前的一條坡道走下去時，看到蔗田上茂盛的綠葉子沾染著滿身輕塵般的露氣，顯出朦朧的銀白。圳水咕嚕咕嚕的流過涵洞，水草搖頭晃腦，一個青年正扛著鋤頭彎入檳榔樹後的小徑去。一對小兄弟坐在木屋的門檻上吃早餐，身邊的兩隻狗對我吠著。牛屈蹲在幽暗的茅棚內反芻。有人在晾昨夜穿著的盛服。一位媽媽正在叮嚀一位提著行李正要離去的少女。小鳥在樹叢內吱喳，輕輕攪起其間猶存的濕氣。一所幼稚園的遊樂設備和草地，正沐浴在溫煦的陽光下，安寧無聲。我可以想像小孩子來時歡樂喧譁的樣子。在老師和許多人的呵護祝福下，好好長大啊，你們這些小生命，好好長大。

原載一九八六年二月《文學家》第四期

親愛的河

0

河流是自然界的生息循環在大地上行吟的旅程。當絕大部分升自海上的雲霧以雨雪的形態降落地面時，水點滴滲透著積聚著，河流的行旅就開始了。它從源頭的水泉、水窪或湖泊出來，吟哦和呼吼，匯小溪成大河，穿過高山和平野，最後則又回去了大海裡。

千百萬個歲月以來，河流的生命大抵就是這麼單純的。但在這種單純裡，它卻以它自在隨意的聲韻、色彩和線條無限美飾了它流淌而過的大地，以它侵蝕切割、搬運堆積的巨大力量，在山區造就了許多神奇的地形景觀，在沿途形成一處處的台階地、沙洲和平原，並以充沛的水潤澤了土地，撫育著自成體系的動植物社會。

人的生命，甚至也可以說，是它涵養和維持起來的。

1

人類早期的文化在河流兩岸開始；世界上的四個文明古國分別誕生在四條著名的河流邊。這絕不是偶然的。

對遠古的人而言，流動的溪河除了是最可靠的水源，讓他們可以隨時輕易地喝到水，並且在天熱時偶爾下去洗個澡之外，河流更也是食物的絕對來源。他們沿著河岸遷移，捕撈河中的魚蝦貝蟹，獵取必然也經常要來河邊飲水捕食和交配生殖的動物，一邊辛苦地繁衍，一代接一代地度過長長漫漫的數十萬個寒暑。

然後，當他們逐漸學會了馴養動物，栽培植物，並導水灌溉時，終於才慢慢有了定耕和定居的生活，簡單的臨時茅棚改成了較為堅固的房舍，而且為了相互照應，聚落形成，進而把地盤順著河流的方向上下擴張，並有了維持生活秩序的社會組織。

數千年接著又過去了，於是，有了鄉鎮與城市。

台灣的開拓與發展，也幾乎完全就是這樣的模式。在台灣，人生存的歷史，河流也可以詮釋。

考古學者曾在這個島上發掘了不少的史前遺址，其中極出名的是台北市圓山邊坡上的貝塚。據說，當時整個台北盆地是個大湖，雖也許是含有海水的鹹水湖，但更可能的是，那也是古時的淡水基隆二河和一些小溪所注入的湖。我們因此可以想像四、五千年前的原始住民圍坐在水邊的小山上吃著採自水中的貝類的模樣。在這個湖的四周，同時期還生存著好幾個部落。他們以簡易的石器為工具，游獵於河邊、湖泊和附近的小山丘陵間，溪河的流水則勢必就是他們飲用的水源了。

四、五百年前，分為九個族系的平埔族人從南洋渡海北來。他們分別以高屏溪、濁水溪、大甲溪、大肚溪、後龍溪、基隆河、蘭陽溪的流域和日月潭一帶作為生活的根據地。

接著的一、兩百年後，河流的航行之便，更把一批批陸續到來的入侵的外人和漢人移居者，從河海交會處帶進來，甚或溯河帶向內陸。十七世紀前葉，荷蘭人和西班牙人在台灣南北兩地完成局部佔領時，情形是如此；後半葉開始日增的漢人移民，也絕大多數以島嶼西部的幾條河的流域作為落戶的據點，然後再循河向四方擴大墾拓的範圍，逐步加速了台灣的開發。當時，我們的這些先人與河流的關係是緊密的；河流是他們生活的依靠。他們去流水邊取水飲用、煮飯、洗衣、嬉耍、捕魚，引水灌溉生長糧食的土地，利用舟船運送生產物，迅速地使幾個河邊市集成了繁華一時的轉運商港。然後，終於有了今天茂盛的文明。

昔日的那些河港，由於鐵公路的興築和河流水量以及地形的更移，已完全沒落了。然而，沒有了航運之利以後的河流，是不是也就隨著變得不重要，不值得人們再去記掛和關心了呢？事實似乎正是如此。但這不應該是真的。

2

時代再怎麼變化，人依然是離不開飲水、煮飯、洗衣、洗澡、建屋居住這一類生之基本需要的——更何況有人還要澆花和洗車子哩。而所有的這些用水，絕大部分仍來自河流。不同的只是，現代的人已不再像先人那樣親身至河邊直接取水，而另有我們沒看見的管道把水從遙遠的河流上游某處引到我們身邊，讓人方便使用罷了。

而我們的食物，那些米糧、菜蔬，以及動物的肉、奶、蛋，又是曾費去了多少水量才得以生產出來的啊。這些水，也大都來自河流中。還有那作為日常之生活作息、商業活動和工廠運作之動力來源的電力，其中有一部分也是利用河水產生的。

但這類的河水之利，也是我們難得去想及和追究的啦。目前只有在農業地區的鄉野和山間，才能真確體會到人河之間的密切關係與親近。

在台灣西部幾個廣袤的平原上，在蘭陽溪的泥沙沖積形成的蘭陽平原，活生生的綠色生命蓬勃地生長著，依時季變化著種類和色彩。它們是真正養活了島上子民的依據，並且是在一九六〇年代犧牲了自己培養起工業的保證。而這些土地之所以能一直保持著盎然的生機，水是一項極大的因素。在這些田野間，除了作物和交錯的農路田埂之外，最密集的就是那些大大小小的完全引自河流上游水庫的圳渠了。在某類作物生長的期間，農戶就會接到通知單，上面寫明從某日某時某分至某時某分輪到某個地號的田地用水。那也許是在深夜或凌晨，但農人是不敢遲疑的，他們深知水的灌溉對農作的重要。流水是他們生計不可或缺的一部分。

當然，溪河也有肆虐的時候。當山洪爆發，滔滔翻滾的巨流激湧悶吼著，夾著泥沙和斷木，衝破了堤防，捲走河邊沙洲上的西瓜田、花生地，流失了土地，稻子、甘蔗、蔬菜都覆上了厚厚的淤泥，甚至於也一併帶走了牲畜和人命。但不曾流失的是農人對大地的情懷和對生活的信念。當河水退了，農人帶著些許懊惱地又開始整地耕作了，扶起倒伏的作物，修堤築壩，再一次學習與河流相處。

當河水退了，鄉下的孩子也急著出門了，歡欣地到田間和圳溝看看有沒有魚可以捉，看溪邊的土地有怎樣的變形，以及混濁的水仍在滾滾流動的樣子。

山裡的孩子則甚至成群商議盼望著何時再去某個河灣曲流處跳水或潛水刺魚了。他們的家園就在河谷兩岸的沙洲或階地上。他們的那些小村落，就像被一條蜿蜒著的流水串連起來的褐色珠子。在水邊的土地上，他們慢慢地成長。

3

其實，我們大多數人也是由河流伴隨著長大的。在我們的心神深處，總多少懷著對河水甜美的記憶。

童年的時候，溪河邊總是我們最愛去的地方，彷彿那是潛意識裡的一個遺傳基因似的。我們嬉笑著玩水，翻動石頭找尋惶恐躲藏的蝦子，咕嚕咕嚕的水輕撫著我們的肌膚，漾起旋生旋滅的渦紋，岸邊的水草晃呀晃的，水面是閃爍的陽光和我們的笑聲驚叫。我們根本不管時間的過去，也早已忘了父母先前的叮嚀或叱責了。那時，我們的日子是自在的。能在溪河邊戲水的年代，是一個天真的年代。

後來我們長大了，才忽然覺悟到河水大概就是大地唯一流動的自然物了。它們的聲色是永遠無拘無束的；它們造就的兩岸景色也各有豐富的變化。我們南來北往坐車時，從一條一條的河流上通過，底下的河床，或者石頭磊磊，或者堆積著砂石，水騰動著或輕盈地在其間流過，奔赴搖曳的芒花外越形開闊和渺茫的下游。河床上也許還種著一排排的西瓜，瓜實和蔓延的綠葉一起襯著微濕的河邊地。或許也有一些菜園，以及幾個工作中的人。我們在車行中貪婪地觀望著，心裡一股莫名的隱隱的興奮和愛戀。我們開始曉得河流是我們生存其間的天地的一部分。

坐淡水線的火車，更往往是一種使人既激動又覺得舒放的經驗。當火車穿過關渡的隧道，眼前忽然明亮起來了，那漫漫的水流就在我們身邊同行，遠遠的前方是開敞的河口和岸邊映著天際的小鎮建築的參差剪影。對面的觀音山緩緩地向後移動。所謂浩浩蕩蕩的概念裡的意義似乎一時間再次生動了起來。那連綿山水的整個迷人氣勢啊，既親切溫柔，又肅穆偉闊。

若說淡水河之類的大河泱泱水勢是河流雄渾和雍容的面貌，那麼，山間的溪流所顯現的，則是幽祕和激越的一面了。清冷的水從密林下夾著風濤輕拍著石頭，水花飛揚，在斷崖處造成瀑布，瀑布底下往往還會有一池經常在迴旋動盪著的深潭，然後澗水又俏巧地衝撞著吟嘯而去了。陡峭的山谷裡的水是年輕的。我們曾在那裡烤肉、游泳、露營、釣魚，或者還曾結交過相好的朋友……。

諸如此類的記憶，有的可能已淡遠了，甚至是零碎不全的，但也許就在日後的某個時刻裡，印象裡的某處河流的模樣，以及相關的人和事，突然又浮現了，令我們關懷戀慕起一些東西，令我們在感到軟弱的情感僵冷的時候把握到一些事物，諸如生活、美，以及和天地自然的親暱等等。

河流的風景，因此，往往就這樣成了我們的一種親愛的鄉愁了。

4

不過，現代的人對河流的生命普遍不尊重，卻也是千真萬確的。在一個競相以金錢的賺取為人生唯一目的的社會裡，於自己無直接實利的東西，必然是要受到輕忽的。所以，工業廢水、垃圾、豬的糞便、肥料、農藥，都任它流進河裡去了。如果擔心河水氾濫，一味將堤防加高就是了，如此也正好可以將汙髒的河水擋在我們的視線外。

甚至於連公營企業也以堂皇的所謂發展經濟為由，處心積慮地要在立霧溪這樣的一條瑰寶似的河流上游截去各支流的水源，要在那片美得令人驚異的山水中築壩發電。

若是河流死了，我們這個時代根本是不可能留下任何得以偉大的理想或成就的啊！當我們恣縱地追求著經濟利益的開發時，是否也該稍微靜下來看看要相對地變賣或蹧蹋掉多少難以挽回的天然珍貴的資源呢？

我們撥巨款進行都市規畫，築起了許多豪華龐大的建築物作為圖書館、貿易大樓、運動公園，以及集會紀念的場所。但是，我們是否更應該把河流列入生活中的一個重要的空間，把河流的管理和整治列為優先的都市計畫之一，讓它成為一個教育我們，使我們曉得欣賞美、學習敬重大自然的地方呢？或者，繼續任它汙濁毒化，讓我們飲用水的水質繼續不健康？

在一天的工作之後，在白天的喧囂競逐之後，河邊是否可以成為讓我們暫時躲避人群、悠閒散步的處所，並且也讓河流迅速恢復它的生態系統，讓魚兒重現，讓鳥禽願意飛臨呢？

這些，是可能的嗎？

河流是天地循環的一段脈絡，是千萬年來居住過這塊土地的人共有的遺產，因此，這些疑問都是我們大家所該細細思索的。

原載一九八七年五月《大自然》第三期

我的太魯閣

1

我對山水世界的概念和情懷，到目前為止，大抵都是由太魯閣一帶那片豐富的天地塑造出來的。將近二十年了，除去其間遠行幾達五年的時光外，每年，我都會至少一次到峽谷內住一段日子。太魯閣那種有骨有神地揉合了磅礴與靈秀、高廣與幽奇的氣質與境界，一直深深地令我著迷。

早先的時候在山上，年輕而狂野，幾乎天天都要進入山林水澤裡搜巡，好像那是我假期裡自派的任務。我和年齡相若的同伴們溯著立霧溪的一些支流而上，在磊磊的巨石間攀爬跳躍，穿過寒冷嘩叫的水瀑，我們哆嗦著身體，也大聲地嘩叫著，然後我們有時就停下，躺在水中平板的大石上胡亂唱歌，看山間的樹葉在水霧飛濺中迴轉著緩緩飄落，蛙類驚慌地跳下水。有時，我們繼續走，為了繞過峭壁夾峙的深潭，便找來梗在石頭間的浮木，將它靠在長滿了青苔的陡崖，然後再顫巍巍地抱著木頭爬到可以落腳的更高處，或者腳踩著斜生在石壁上的樹幹，手也緊抓著枝葉，戒懼地一步一步走過，偶爾實在害怕，便轉身直立地跳入那綠得泛黑的寒潭裡。經過了數秒鐘才浮上水面時，全身冰透了，衣服當然也濕了，但即使在中午時分，陽光也難得射進那鬱綠的峽谷，於是我們乾脆就裸身烤火。那時候，那些幽谷寒水多還沒有名字，我們慎重地商討著為它們一一命名：葫蘆谷、羞月潭、天池、向雲門……

當然我們也專門去爬山，循著獵人的小徑，穿過蓊悶青蔥的雨林，腐葉混合著濕氣和密林的味道老是跟著我們走，偶爾還看到青竹絲掛在頭頂上方的細枝上。步道經常是沿著斷崖上升的，手腳並用地走在上面，腳下鬆動的石片唰唰滑落，無聲地跌入我們不敢探望的谷底。若是忽然飛起一隻鳥，並發出尖拔的嘯叫，我們更是渾身一時都是冷汗。所以我們常常是半路就退了下來，帶著一些挫折、沮喪。

然而我們仍還見到了幾個原住民近乎廢棄的部落和獵寮。我們躺在四下無人的嶺上看雲走過潔淨的藍天，覺得自己很偉大。有時，當我們或者採到了一些漂亮的楓葉或什麼的摸黑下山時，耳邊全是風吹過迅速漆暗下來的樹林山岩的聲音，以及驚起的鳥獸噗噗飛竄的聲音和蟲鳴。山林的氣味一陣濃過一陣，彷彿是它們正要入睡的鼻息。

夏季裡，畢竟還是覺得碧澄的溪水較安全和誘人。我們往往是吃中飯時就說好要去哪一條溪谷，飯後就立刻出發了。我們在巨石下的洞穴游進游出，順著滑溜的岩石從瀑布上滑入水潭，和山地小孩比賽跳水，以藤蔓和撿來的樹幹紮成木筏，然後或坐或攀地一起努力順流而下，但經常是沒兩下子筏就翻覆或沉沒了，只留下歡笑聲在水面隨著那些可能已經散開的木頭四散，在岸壁間迴繞。當我們抬頭，也許可以看到一群獼猴垂掛在山腰的樹枝上，正對著我們吱吱叫，一邊還不停動著牠們的身軀，像是在為我們喝采，或者在嘲笑我們在大自然世界裡的笨拙。我們當然也哄鬧著逗牠們玩，在岸邊的石頭流水間跑上跑下。那清澄的澗水不斷地激越著，跳躍著，嘩啦嘩啦地唱歌，一如我們稚嫩的青春。

那激越的水，那清澄的水，等我五年後再來時，似乎沒什麼改變，青山也是。但我騷動的青春卻好像已隨著當年的流水匯入大海了。

近年來，我大概都是獨自上山的，偶爾也或許帶著妻子女兒同來。雖然也還不時深入溪谷去游泳，但已少有尋幽探奇的興致了，而往往只是坐在石頭上看流水，端詳石壁糾扭褶皺的陰陽紋路和色澤，或者仰臥著看葉隙後的一線天。雲緩緩走過。正午的時候，也許會有陽光照在某幾個段落的溪水上，而在氣候易變的晨昏，或者也不一定要是氣候易變的晨昏，在不遠的某個山彎水折處，我可能還會看到煙霧在溫暖的光線裡映著裸露的灰藍色的斷崖浮升，有時激烈地無聲噴騰，有時則如薄薄的棉絮飄忽飛舞。

更常的是，我只是在住處附近坐著看山，或毫無目的地閒閒散步。時而抬起頭來，看到的依然是山，挺拔硬毅，緻密厚實，一層疊著一層。而雲，各種風貌的雲，就在那大山間遠遠近近地生息幻化，在陽光下，在陰雨中，或者有時還帶著大塊的影子悠緩地移過。我總覺得，那些山，在光影煙雲的烘托下，每一個分秒都呈現出絕佳的姿色，豐繁多變卻又極其單純的美的姿色，而那種美是既完全悄無聲息卻又暗潮洶湧的，是一種雄渾無限的氣勢，靜的奧義，大自然生命深沉壯闊的訊息。

那奧義和訊息，我隱約體會著，把握著，然後回到室內，安心地看書，寫字。

安心地看書寫字，那些日子，一向就是如此。偶爾抬頭望向窗外，也仍是無邊的青山。紅塵裡的憂傷、爭執、憤怒等等彷彿很遠。這是我休息、回首端詳自己的地方。

最後，我甚至於搬來花蓮這個太魯閣的居住地了。

2

啊，我的太魯閣。當我曉得《時報》邀請幾位朋友要來這裡盤桓個兩三天時，我是很興奮的；一種預期和一些可愛的人分享美分享快樂經驗的歡喜。甚至於還不曾見面，我就已覺得，通過這片山水，我們是親近的。

我們去了我曾游過數十次泳的神祕谷，但卻是初次知道我一直認定的一種鳥叫原來是出自所謂的「騙人蛙」。

我們也去了白楊瀑布和水濂洞。山環水繞，景色依舊，轟然衝下的水浪在窪谷中呼吼著，在森黑的山洞中回響。兩段瀑布也還在遠遠高高的青翠山林間無聲流瀉。但那個水濂洞，我卻覺得破頂而下的水瀑似乎更大更強勁了。

我們甚至以一整天的時間深入陶塞溪。那一天，從迴頭灣步上古道時，我就開始深深地懷念起上個月來時寒冷的竹村部落和葉子全已落光的桃子園，以及那位在黝暗的廚房裡為我們煮麵的老兵了。這一回，春日的暖陽照在窄促的古道上，照著幽深的溪谷。冬季山坡上不時燦爛惹目的紅野櫻花也不見了，全換成了或黃或澀紅的嫩葉。一些鳥翩然或急速地飛過，在深不知處的密林子裡鳴叫。劉克襄激動地為我們現場講解大冠鷲在藍天下飛翔的姿勢，和如何將牠和烏鴉區別，並且叫我們用他的望遠鏡看那隻在樹梢上也對著我們張望的橿鳥。國家公園管理處的黃課長則以她的專業知識不時為我們解說路邊岩石的名稱、水流的縱切與橫切，以及地形地質的生成和構造。

在太陽下，我們這一天著實是走了不少路的。回到住處時，大家都累了，晚上，都早早休息睡覺了。但我躺在床上，卻一點睡意也無，似乎老是聽到屋後立霧溪水沖激的聲音，以及風吹過山林原野的聲音，又彷彿是神祕宇宙千古的言語，在訴說著大自然的誕生、太魯閣的誕生、立霧溪的誕生。

那是一則多麼古老多麼古老的故事啊。億萬年前，我們現在稱為大理石的這種東西開始在深海裡孕育壓聚著，那時，台灣當然還沒出現，而所謂的人類也還不知道在哪裡。到了大約七千萬年前，平靜的大理石層因造山運動而被壓迫著在水面上站了起來。接著，六千八百年的漫長歲月過去了，那二次造山運動令大理石不斷地隆起生長。但這時，它的身上仍覆蓋著一層較軟的岩層。我們今天所說的立霧溪大概也就在這時出生的。然後又經過多少日子的風蝕雨侵啊，大理石層終於露出地殼了，並持續地隆起，立霧溪水則相反地不斷向下切斷，向東橫流。終於，我們才有了現在的，太魯閣峽谷。

終於，我還是決定起床，披衣，出去再看一次夜裡的太魯閣。

一輪滿月正靜靜地定在墨藍乾爽的空中，伴著稀疏閃爍的星辰。空氣清冷香甜，在霧濕的草坪上淡淡瀰漫。幢幢大山的黑色剪影映著夜空，卻又彷佛一起要向我俯壓過來的樣子。整個天地是既溫柔又莊嚴的。

但當我回頭，卻看到祥德寺旁的佛塔邊緣亮著好幾圈庸俗的猩紅燈光。即使這裡的商店的買賣活動都已歇息的時候，那些燈光卻仍還在不甘寂寞地招搖著，在黑暗的山水裡顯得多麼地突兀啊。佛陀說法，千言萬語，無非就在去除人心中的貪瞋痴，但在我看來，那些燈簡直就代表著明目張膽的痴障。修行人尚且如此，何況一般眾生？

我知道，就在綠水管理站對岸高高的深山裡，一條蜿蜒十餘公里的林區道路幾乎把古老的林木載運光了。在峽谷口外的那個水泥廠採石場，以及更多分布各處的各種礦場，也正不停地蹧蹋著大好的巒脈。而更荒謬的是，竟然有台電這樣的公家機構在處心積慮、毫不罷休地要截斷立霧溪上游的各條水流，想以整個峽谷的億萬年美麗生命來換取佔全島百分之零點四五的發電量。

相對於極其難有的生長過千古歲月的這片山林，相對於這個靜穆細緻的月夜，這類的作為，顯得何其無知、貪婪和粗鄙啊。

3

隔天清晨，我悄悄出門的時候，四周的山仍在睡覺，罩著朦朧的墨綠色彩。我走過一片老梅園，從教堂邊折入一條古道。三月梅樹的綠葉和嫩果都還沾著夜來的濕霧，一起垂蔭著滄桑多節的灰色老幹。鳥聲起起落落地響在樹叢與教堂的圍牆內，很愉快的樣子。教堂的一個人正在屋簷下為整排的盆花澆水。

古道沿立霧溪左岸的山壁曲折上升。隔著深谷看過去，幾乎也全是陡然拔起的大山，在溪流的一個急彎處，更還有一座尖塔狀的山岬橫刺進水域裡，上下全面凸顯著嶙峋的岩塊斷層，如參差的鱗片。古道隨著眼前重疊的山勢盤繞和轉折；水聲也是，忽大忽小。我在路邊的一段枯樹幹上坐下來，在遠方高處的一些山坡上，這時已開始亮出幾抹鵝黃的陽光，背陽光的部分則反而顯得更暗藍沉肅了。

這條山路，我不曾走過，但這一切景致卻仍是我多年來所熟悉的。那種油然生起的戀慕情懷和心思空靈的感覺，也是我熟悉的。

據說，由這裡西行約四十五公里，可以上接合歡山界。這條古道是六十多年前完工的，但泰雅族人卻早在兩百五十年前就開始東移，進入立霧溪流域，散居在可耕的各個河階地了。他們大規模遷出這裡的山區，也不過是四、五十年前的事。在居住於這廣闊的深山領域的長時期裡，他們耕作、狩獵，向大自然討生活的基本所需，並不曾留給山水怎樣的傷害。但是，當他們走了之後呢？

聽著在春晨的河谷間湧迴著的水聲，我實在不忍想像當這些水被堵死在一個個的壩堤內的時候，當立霧溪變啞了並堆積起越來越多崩塌的砂石巨岩時，它的生命，以及整個太魯閣地區的美質，會變成如何。

但我仍不禁地也這麼想像著：對那些蠻橫貪婪的心靈，我們是否也能終於讓他們稍稍曉得，在開發徵逐之外，在短視的經濟炫耀之外，另有一些更值得珍視的價值，譬如美和愛呢？在肆意地揮霍變賣之外，能把這塊天地當作子孫世代生息的天地，而不是存著過客的心理？在薰染了過多的僚氣之餘，也能來太魯閣作一番休息，接受澗水的清滌，學習山的風範，靜心諦聽大自然幽微的訓諭呢？

除了永遠的水聲，群山仍然永遠不語。我站了起來，迎著那逐漸露出山頭的溫暖春陽往回走。

我的太魯閣又在開始它億萬個歲月中的另一個新鮮的日子了。

原載一九八七年六月十日《中國時報》「人間」副刊

老兵紀念

1

那時候，他們並不老，大略是三十四十幾的年紀。他們的一個小部隊來我們的學校邊，修築因颱風雨而崩塌了的一長段坡坎。那是我第一次看到那麼多兵在工作。而真正吸引我注意的，便是其中佔多數的一望便知來自遙遠大陸的他們這些「外省兵」。我常從二樓教室的走廊眺望他們在泥濘裡挖劃搬填走動的樣子；秋日耀眼，草綠色的身影映著黃土坡起伏，許多小小的臉孔褐亮地泛著光。我們上課時，他們的吆喝和笑聲，時而越過圍牆、鳳凰樹和籃球場，悠悠然襯入老師單調的話語裡，不很清楚，卻又是真實的。我有時不意地聽著，沒回過頭去，但經常好像就那樣地聞到了酸酸鹹鹹、淋漓的汗水味。

放學後，我刻意從側門出來，他們有時也收工了，正列隊走入右側相思林中的山路，邊走邊合唱歌曲，或齊聲喊「一、二、三、四」。有幾次，我遠遠尾隨，聽他們高吭的唱喊聲激盪著林間漸沉的暮色，如拍岸的潮湧，一波疊一波的，而他們整齊晃動的背影正隨著地勢在我眼前緩緩上升。一些鳥叫驚掠飛逝。除了主要的好奇之外，我幾乎有了一種近似嚮往的心情。

當時我十六歲，騷動不安的年齡，家裡的人剛循舊俗祭祖拜天地，為我行成年禮不久。然而男子成年後又將如何呢？我是不免在想起時總有困惑的。或許就是因為這樣子的吧，那些兵，那些「外省兵」，就在這個時候，在書本所教示的夙昔的聖賢典範之外，在習見平凡的衣食名利的追求之外，給了我某些模糊的異樣感覺和某種生活意義的幻想了。我想大致上，當時我是把他們和勇氣、榮譽、正義、犧牲之類的抽象概念聯想在一起的。在年少的我想來，他們正就是穿越過書本上語焉不詳的中國近代史中那一大段戰火狂煙，在與壞人周旋中浪跡過五湖四海，並因而必然有著許多冒險傳奇故事的好漢英雄。

甚至於他們在工地附近的冰果室挑逗女孩子的姿態言語，在青澀的我看來，也自有一番漢子應有的瀟灑豪邁。

於是假日裡，我終於去了他們暫時駐紮的相思林深處的一座寺廟，並且成為他們的「小老弟」了。

他們的世界給我一種遼闊繽紛且奇異新鮮的感覺。一大群男人，口音相異，有些我甚至不容易聽懂。他們卻一起並排睡在廟側廂房的大通鋪，棉被稜角分明。吃飯時就在廟前紅磚廣場上圍蹲成一圈圈。陽光混著菜香灑照著一顆顆短髮的頭顱。好幾繩串的內衣內褲，淺淺的草灰色，有的已洗成泛白，全部靜靜垂在紅磚外的綠色菜園子旁。口令，哨聲，粗大的嗓門，有時卻又一下就安靜了。架在寢室牆角的長槍，摸起來冷冷的。我興奮地隨意走著，聽著異鄉風味的口音此起彼落地傳揚，分明地感受到他們這個世界裡的活力、豐盛，以及秩序中的互相照應。

當然我也問起在那個風雲洶湧的年代裡，他們的戰役；都是慘烈的，但我聽起來很刺激。對陣廝殺，包圍反包圍，混亂的追擊和轉進。翻山涉水，好幾個日夜接連不睡，忍飢受寒。冒著彈雨，踏著同伴的屍體跳過敵人的鐵絲網和坑道奔跑前進。把破肚而出的大小腸子塞回去之後繼續衝鋒，殺死了一班人。腿被打斷了，撿起來之後才發現是別人的。這一類的故事，我知道，他們是故意說來嚇我的。他們的敘述也常顯得凌亂破碎——在這場席捲了數億生民的長期動亂中，他們各自的遭遇又怎能拼湊出可以讓人得知一個前因後果的血淚圖？但我痴痴地聽著，彷彿那段苦難很遠。他們敘說的口氣，雖然有時夾雜著臭罵和爭議，聽起來也好像對自己的傷痛是不在意的。然而，我卻又清楚看到他們展示在我眼前的身上的各種疤痕。他們當中有幾個，甚至在腕臂或手背鯨墨了三、兩句斬釘截鐵的口號，作為終生堅決無悔、絕不善罷甘休的誓言。因此，我還是認為，他們是什麼都不牽掛的；活著，僅只為了某些效忠的對象，為一個心目中最高的義理。

然而，他們仍也時而談起故鄉的事，一些值得記憶的美好的事，景色，物產，氣候，有時彼此還會因各自的炫耀和比較而引起面紅耳赤的爭執和戲謔。我則依然興味十足地聽著，一邊努力地搜索腦海中地理書上的知識來對照。文字裡的山河，那些平野大江草原和雪國，經由他們的敘述，似乎鮮活起來了，更令人神往。而每一次談及這些事，他們總不忘對我說：「將來帶你去我家鄉。」一神情語氣都充滿了絕對的信心和希望。

入冬之後不久，他們結束了道路修築的工作。他們告訴我，他們的連隊歸建後就要移駐北部。他們給了我信箱號碼，號碼和珍重友誼等等的詞句一起寫在送我的十幾張相片的背後。他們有的還說：「很帥噢，記得要幫忙介紹個老婆。」我嘻嘻應答，也不知他們說的是真是假。

他們走了之後，我有時會不自覺地在上課時轉頭望一望圍牆外的那一大段黃土坡路，似乎感到一些失落，但開始忙著準備期末考以後，思念的情緒就漸淡了。寒假裡，我回到鄉下幫著收成耕作。寒風陌野，揮汗吃力，總還是我熟悉的堅實的日子。

有一天，放在書桌抽屜裡的那些照片，卻被父親拿著。他問我那些人是誰，口氣平淡，臉色卻帶著冷厲，好像那些照片有什麼不祥似的。我簡單地解釋，母親則趕快插嘴說：「留那些做什麼？」父親一直沒再說第二句話。我也是。我肯定地覺得事情好像有什麼不對勁；父親的態度似乎是含著敵意的。我很困惑。當時，我根本不曉得就在我出生的那一個年代發生過的一場全面性的捕殺、失蹤、酷打。

那些照片，我不知道父親後來怎麼處置了。我繼續求學念書，在偶爾路過某個營區，才記起我和他們的一度相識，以及他們曾對我承諾的：「將來帶你去我家鄉。」

2

等到自己服了役，身在軍中，我才逐漸體會到，啊，諾言，還有它背後的虔誠期盼和信念，有時候，原是可以變成一個人生命中最大的嘲諷的。

將入伍前，我就開始聽到不少針對著他們而發的告誡：「老芋仔」是難「料理」的，常會刻意出一些狀況，使得像我這種大學一畢業竟然就可以爬到他們頭上指使他們的預備軍官出醜難堪，以及務須對他們虛意巴結等等。我大概能理解這一類的提醒。但不管如何，我心中仍有著那一段和他們結識的愉快記憶。況且，我毫無要去料理和指使他們的意思，而毋寧是懷著一種親近的心情，急切地想與他們分享某些堂皇的理想和希望的啊。

事實是，一切都還順遂。只除了一點是令我惶惑的：我看到了在歲月的點滴移逝中，人的拖磨，意志的消沉，信念的荒謬。

我們的部隊駐澎湖。秋來之後，我們幾乎天天都要頂著強勁的風沙走遠路，入野地，上伍教練，然後是班的、排的各種教練。爬行、衝鋒、臥倒、搜索、防禦，一遍又一遍。大家雖都戴著防風眼鏡，但不出半個小時，經常就已滿臉滿手帶著海味的黃沙子。他們有時會嘀咕臭罵，有時甚至於獨自廢然停坐下來休息喘氣，瞥見我這個當排長的走近時又才繼續操演。我看到我屬下的三個班長和一個伍長，個個在冷風中都有一張枯褐皺縮的老臉皮。

他們的身體真的老衰了，已無我印象裡的矯健。這種日復一日的訓練對他們是難堪的。後來出野外時，如果上級不在，我因此乾脆就讓他們在旁觀看，職務由年輕的充員伍長代理。他們於是就會去附近田間擋風的硓砧石矮牆後或防風林內的散兵坑坐下來休息。一整個上午或下午，他們可以就這樣懶於移動地坐著，沒有表情，也不說話，只有不時地抽一支菸。為了減少風沙吹入而在槍管塞了棉花的長槍，擱在身旁。風和海的聲音一直在野地和木麻黃林內外吼叫，潑辣囂張。

晚上的課程也常是緊密的。擦槍免不了，政治課按期上，而碰到全面的紀律檢閱時，更是好幾項工作連接著趁夜趕。他們上課時打瞌睡的不少，但我往往裝作不見，不忍喚醒。因為，畢竟啊，其中或慷慨或嚴正的訓示和道理，他們必已聽多，已不必再一次複習了。

風仍在室外呼嘯。

入春以後，風才轉小了，四周常見的海洋開始展現她的萬種風情。假日裡，我常去海邊散步，看自然的聲色。但他們仍照樣常留在營區裡，喝喝酒，玩玩打百分或撿紅點的紙上遊戲，或是什麼也不做地在床上躺著，不然就換上便衣去樂園買一張票，並且按時服用醫官分發的一種據說用以制慾的藥。日子就這樣一天一天過去了。

我終於逐漸覺得，他們現在經常顯露在外的冷漠態度，其實大概並不是以什麼人為對象的；主要是對自己。當一個人察覺到生活某個唯一的努力目標正一天一天地渺茫，卻仍不得不讓生命繼續如此荒失時，他能再有什麼大生趣，並且對人和事認真呢？他們已經不是我年少時候心目中的他們了。二十多年來，日日不變地緊張準備著，卻仍然盼不到一個轉趨明朗的前程，所曾有過的即使再如何高貴的理想，應也已在感情和認識上都漸失意義了。困惑無奈之後的懷疑和怨懣在暗地裡孳長。

這時我也才曉得他們在部隊裡的人數為什麼幾年間就變得這麼少了。我聽他們提及當時退伍制度一實施，有一部分人因欲趁體力尚可出外另闖天地而百般設法離開的事：裝病裝瘋，故意犯上判刑，找門路住院開刀自殘。最常見的方式，竟然是逃亡。

他們還談起了我前所未聞的其他事，關於一些人的當兵因由，關於流離和撤退的經過。那段歷史原來並不全是光明光榮的。除了那些按規被徵調，以及為了維護心目中的民族存續、正義或真理而自願投身軍旅的人以外，竟然也有人是在街上、在床上或者在田裡工作時被強抓去補缺額的，有的更涉及人身的買賣。這樣的人甚或只有十三、四歲。

有關撤離的敘述，則更悽慘：各種交通孔道上，男女老幼的人潮；謠言和恐慌；軍民混雜湧動著，推擠踐踏著；哀號哭叫，槍聲和相互的叱罵。當火車、船或飛機匆匆硬行啟程，不少攀掛其外的人紛紛摔落。

他們敘說著這些故事，當我們好幾次坐在夏夜的海邊或操場喝酒的時候。他們或激昂或哀嘆的聲音，都化入了那反覆不息的濤聲裡。我安靜地聽著，心緒一直起伏。戰事，已絲毫不再令我感到刺激或傳奇了，而常只覺得恐怖——對歷史裡的種種欺罔，對堂堂詞令的玩弄，對個人在一個危難昏亂年代裡的不由自主。

我那一年的軍中生涯並不快樂。

我坐船離開澎湖時，心中仍一直記掛著他們的種種。我當然曉得，他們其實始終都是忠貞的，仍自認為是某某誰的子弟兵。他們並沒有辜負誰。但是同時，我卻也一再想起一個印象深刻的畫面——我們上劈刺課時的畫面。整連的士兵又殺又嗨地叫喊，面對著營房側面牆上的一幅極為巨大的中國地圖，圖中各省分別漆著醒目的五顏六色，地圖下則是一字排開、或站或倚、疲乏的他們——每次操練一陣之後，連長總會叫他們全部下來休息。這時我在海上，正如上劈刺課時一樣，總覺得那幅大地圖好像一頭膚色斑雜的巨獸，時時對著操練之後的他們虎視眈眈，或像是一場色彩繽紛的夢，將縈繞他們終生。

3

在那樣的夢裡，他們逐漸凋零老去。

經過了四十多年，他們應該早已無人還留在軍營內了吧。有的甚至已過世。這也是生命的必然哪。最後的那一口氣裡雖或不免含些怨憾意，能將漫長的憂患焦盼了斷，獨力把屬於自己的那一部分戰爭結束，應也算是找到個人的和平了。青春熱血終須盡，活著又能如何？

在繁華的城市，我看過他們在工地挑砂石，在凌晨時分出門掃街道，在路上寒著臉開計程車。他們也曾去熱鬧的夜市兜售過玉蘭花、包子或青天白日滿地紅旗，叫聲淹沒在歡樂男女的笑顏和燦爛的聲光後。他們有的乾脆上山當和尚，就此將槍桿拋出空門。在花蓮海邊，他們撿拾黑白兩種滑亮的石頭，將一袋一袋的國土賤賣給他們早年浴血對抗過的日本人。

橫貫公路也是他們當年退伍時拓築的。路完成了，他們便在沿線遠近不一的山間據地墾殖，與原住民中或老或少的女性來往甚或締成婚姻關係，且定居下來，給山地社會造成影響深遠的衝擊。時運好的，蘋果水梨之類的收穫使他們致了富；不濟的，蔬果歉收，年輕的妻子也跑了，留下幾個管教不來的孩子和數間空屋，一週半月下山採購一次食物，拮据孤單地度日。

走出營房門，生活方式終於能自由決定之後的日子，對他們當中的某些人而言，並不是好過的。因此他們等待著被批准再進入另一個大門，進入榮譽國民大家庭和名為忠義山莊之類地方的大門，加入數十年前就在戰火中受傷致殘而仍活到現在的人。

他們於是重新過起了全是男人的另一種集體生活：睡大通鋪，整理內務，打掃拔草，按月領取零用錢；長官參觀時，立正稍息，向右看齊；選舉時，聽命投票，不管他們是阿貓阿狗，重表一次榮譽與忠義的心跡。晨昏時候，如果身心狀況還適合，他們就去圍牆外散步，蹣跚地咳嗽走著，遲緩轉頭，當心來車，過街到數間幾乎專門做他們生意的小店內外聊天指點，張望匆匆來去的車輛人們，或者走遠一些去小山邊的忠烈祠，在樹蔭下看人運動打羽毛球。偶爾，算足一點點的錢再買一次濃妝的女人，肯定一下自己的餘勇。

這些住在榮家之類的地方的人，當然是渡海過來之後不曾結婚的。或者也有可能是婚後女方又離了的。其餘的他們，據說也是大半未婚。多年前，他們有些人曾流行提著收音機，梳起油亮的頭，在大城小鎮的街巷悠然閒逛看人。現在，他們當中有的人則喜歡背起有著伸縮鏡頭卻不昂貴的照相機，偶爾約幾個同好到某個風景區拍攝合資請來的古典美人。或者，繼續去台北的西門町送紅包捧歌星。

對他們這些人而言，正常的人生和家庭生活就這樣犧牲了。這是誰的錯？是否用時代悲劇這樣的言詞就可以概括了事呢？

早年，他們難得結婚的確是有其苦衷的：待遇低微和年齡上的限制。但未婚的最主要因素卻是，他們對於一些諸如反攻、解救等等口號的絕對信仰和希望，使得他們幾乎全部存著過客的心理，對這塊土地和它的人民沒存什麼情義。他們活在營區的門內，同時也活在過去和異地裡。就真正長期廝守著這塊土地的人——包括我的父親在內——看來，他們是隨時準備離棄此地而去的，甚或仍有可能在某個必要的時候，表現出當年發生那個大規模清除事件時的那種殘暴蠻橫，因此，是不可信任的。語言的不通，更加深了這樣的隔閡和排斥。

至於他們當中那些結了婚的，也並不見得就有了個人的幸福。某些人的婚姻經驗是頗為辛酸可憐的。純粹的被騙財以外，買賣是普遍的方式，而終於娶回的妻子，有的竟然是白痴或癲癇患者。他們卻仍只能湊合著過日。是的，就這樣湊合著過日子，在四處許許多多寂寞自苦的陰暗角落。就這樣，四十幾年也過了。

4

四十幾年過去。現在他們總算可以回去，可以探望曾經熟悉的親人和土地了。只不過是，經由的方式截然不是他們長久以來所苦苦相信和準備的那一種，並因此令人難免有些遺憾罷了。

還有，當他們重踏上故土，腕背上的那些黥墨，那些決絕表明了誓不干休與兩立的短句，是否也會令自己或別人覺得難堪或諷刺呢？

所謂時代不同，這些可能的憾意和顧慮其實都是大可不必的哪。歷史裡的譏諷事例太多了。既然戒嚴一解好像就可以泯消某部分的恩仇，那麼在大混亂的時代裡，對於所謂熱情、信仰、正義、忠奸等等，也就不必太過認真了。至少，和那些已經老死在這個異鄉的同志們比較起來，他們還是幸運的。他們應該想像，滿足於做歷史裡的泡沫或塵埃而不去加以思索的人，才可能終有快樂的機會。

至於另一類的老兵，那些在當年大勢已去時竟然又被欺騙裹脅著從此地渡海投入那塊危域的老兵，現在大概也相似地凋零老去了。什麼時候，他們才又能回到這塊他們出生的土地來？

當歷史的一些真相被逼著慢慢揭露時，滿目竟然是這樣的血淚滄桑。

啊，苦難的大地生靈。

原載一九八九年三月六、七日《自立早報》副刊

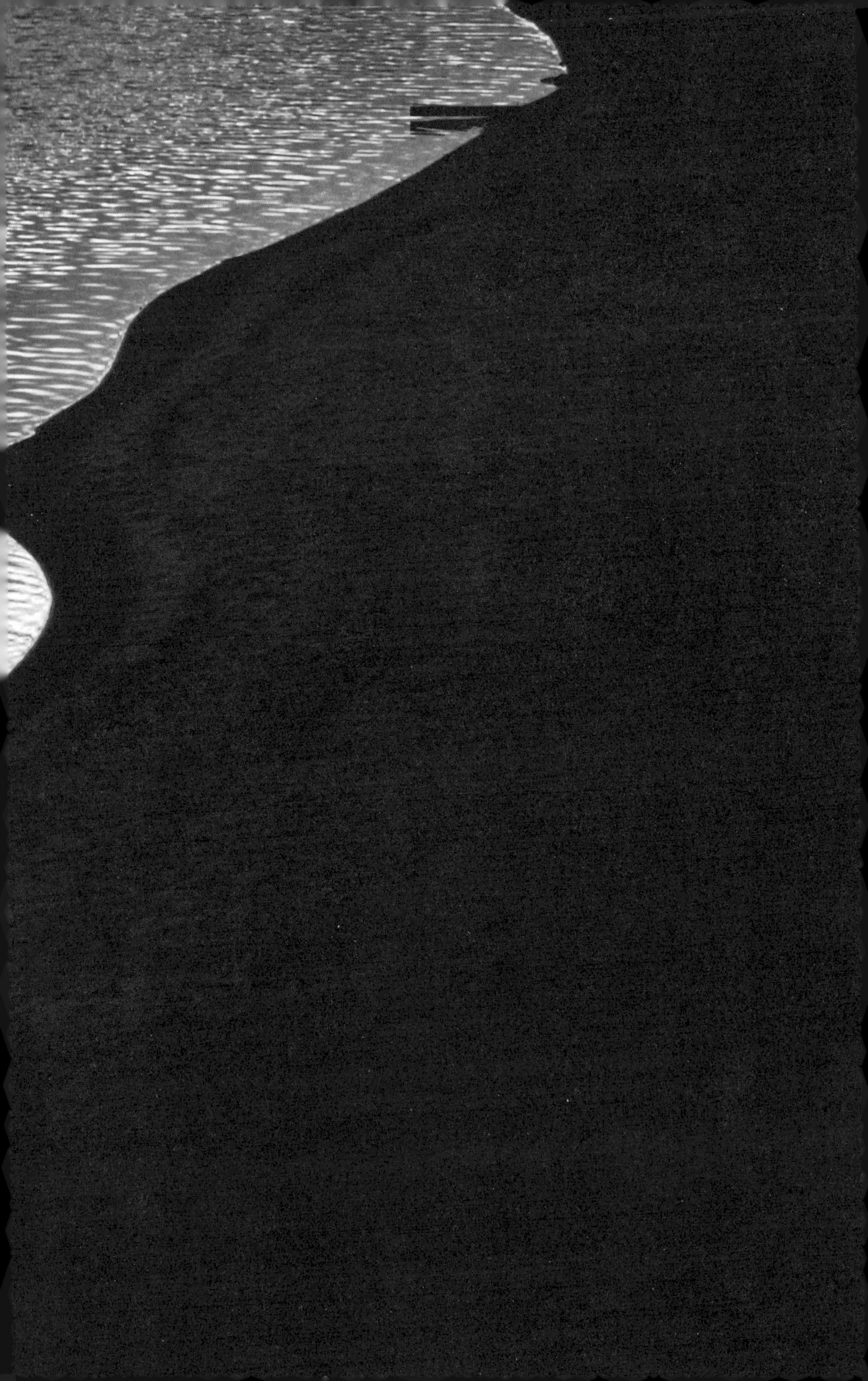

陳列作品集 1

INK PUBLISHING

地上歲月

作　者	陳　列
攝　影	陳建仲（p5,18,21,37,70,108,111,140,143,168,171,206） 黃昶憲（p34,50,53,73,91,93,125,127,152,184,187） 劉塗中（p155）
總編輯	初安民
責任編輯	施淑清
美術編輯	黃昶憲
校　對	吳美滿　施淑清　陳　列

發行人	張書銘
出　版	INK印刻文學生活雜誌出版有限公司 新北市中和區建一路249號8樓
電　話	02-22281626
傳　眞	02-22281598
e-mail	ink.book@msa.hinet.net
網　址	舒讀網http://www.sudu.cc

法律顧問	漢廷法律事務所 劉大正律師
總經銷	成陽出版股份有限公司
電　話	03-3589000（代表號）
傳　眞	03-3556521
郵政劃撥	19000691 成陽出版股份有限公司
印　刷	海王印刷事業股份有限公司

港澳總經銷	泛華發行代理有限公司
地　址	香港筲箕灣東旺道3號星島新聞集團大廈3樓
電　話	852-27982220
傳　眞	852-27965471
網　址	www.gccd.com.hk

出版日期	2013年 8 月　初版 2014年 10 月　初版二刷
ISBN	978-986-5823-16-0

定　價　260元

國家圖書館出版品預行編目資料

地上歲月 / 陳列 著；
--初版,--新北市中和區：INK印刻文學,
2013.8 面；公分（陳列作品集；1）
ISBN 978-986-5823-16-0（精裝）
855　102010640